トゥデイズ

長嶋 有

講談社

目次

トゥデイズ　5

舟　157

装画　トミムラコタ
装幀　大久保伸子

トゥデイズ

トゥデイズ

１・四月＊日　立花美春

　ブザーが鳴り始めた。

　火災報知器ではない。先月、一号棟で誤作動を起こしたときに聞いたあれは、もっと鋭い音だった。警告を遠慮なく発し続ける、癇に障る——警報の本分にかなったともいえる——もので、今鳴っているものとは明らかに違う。どこかの家のタイマーや目覚ましにしては繰り返しが速い。車のバックする音よりも速いし、甲高い。車の盗難防止装置の音とも違う。キュイ、キュイ、という抑揚（？）がない。

　ＡＥＤだ。

　心肺停止した人に使用する、四角く赤い箱入りの装置。

立花《たちばな》美春《みはる》はＲグランハイツ一号棟六階の端（建物の側面）に設けられた、ベランダに似た「スペース」から地面を見下ろしていた。

階下の様子は夜の闇にまぎれて把握しきれなかったが、にわかに全貌を理解する。入り口のひさしで半分ほど隠れているが、地面に置かれている四角い、あれは担架だ。脇にヘルメットをかぶったユニフォームの人間が二人、周囲にも警官らしい姿の者を確認できる。美春はＡＥＤの音を実際に聴いたことはない。だが、眼下からの視覚情報と、女性の声が重なり始めたことで確信を深める。トラックがバックする際に発する「バックします」という機械の女に似た、平坦で平明な声が響き始めたのだ。

美春が下を覗き込んでいたのは、少し前に消防車と救急車のサイレンが聞こえたから。怪我人が存在する事態であることはその時点でも想像できたはずなのだが、ＡＥＤの音と気づくまで、担架や救急隊員のことも、あの四角いものと人々はなんだろうとしか認識できていなかった。急激に訪れる理解は美春の肌をざわつかせた。

ＡＥＤは二度目のトライに入ったようだ。二つの部品を胸に押し当てる、あの作業の様子はひさしでみえない。

ちょうど、このマンション内にＡＥＤを設置するか否か、三月の管理組合の理事会で議題にあがったのだった。レンタルか購入か、いずれにせよけっこうな値段がかかることに美春は驚いたばかりだ。

美春の暮らすR市のRグランハイツは七階建てで、一〜五号棟まである大マンション群だ。AEDをたった一つ導入したとて、端の棟の者は取りにいって戻るのに相応の時間がかかる。各棟に一つ配置するのにはコストが到底見合わない。理事会では「継続審議」という言葉でいったん見送られることになった。

見下ろしているうち、美春の足はすくんだ。

飛び降りだ。いまいるスペースは腰までの高さに手すりがあって、後ろから理不尽に突かれたとしても落下することはないから、自ら飛び降りたのだ。

いや、ただ中庭か駐輪場あたりを歩いていて、玄関近くで発作を起こして倒れた可能性もある。

だが美春は決めつけた。今、救命措置を受けている人はただ倒れたのでない、故意か事故かは分からないが飛び降りだと直感したし、下で起こっていることがわが身にも起こる可能性を思わずにはいられない。腕にみごとな鳥肌をたてながら、みるのをやめることもできない。

真下の、五階のスペースにも自分のように覗き込み始めた者がいる。女だ。風呂上りか、頭をタオルで巻いていて、スマートフォンをいじっている。

美春は古い階段をそっと下りた。エレベーターで一階まで下りて、そこにいるだろう警官や救急隊員に事情を訊ねることも考えたが、ためらわれた。「さがってください」とつっけんどんに手をかざされるだけで、なんら状況を把握することはできないであろうと想像できたし、心臓が止まった誰かの肉体を、その一部でもうっかり目撃してしまいかねない。

Rグランハイツは入り口すぐのエレベーター前と、長い廊下のどんづまりと二ヵ所、大きな階段が設けられている。高階からその手すりを見下ろすと（あるいは一階から上を見上げると）折れ曲がる三角形の手すりが階ごとに小さく整然と遠のいてみえる。一点透視図法的な三角形の連続はとても印象的で、美春の息子のコースケは少し前まで、自分の暮らすマンションを「さんかくのマンション」とさえ呼んでいた。

三角形の辺から辺へ角度を大きく変えながら下る自分、それを真下から写すカメラのアングルを想像しながら――そんなカットが出てきそうなミステリー映画の如き、非日常を存分に感じながら――美春は階段を下った。

階段すぐそばの５０７号室がドアを半分開けていて、おばあさんがドアノブを持ったまま顔を覗かせていた。美春と目が合うと不安そうに会釈をした。四年前に引っ越してきて間もない頃に挨拶は交わしていたが、その後ほとんど会ったことのないおばあさんだ。

「ベランダからみてたら、パトカーが何台も止まってて、なにがあったんでしょう」

「なんでしょうね、ほんと」美春は首を傾げてみせた。自分もまず、居室のベランダからサイレンを鳴らさずにやってきて増えていくばかりのパトカー群をみていて、それで家をそっと出て外に身を移したのだ。

５０７号室のおばあさんは、あとは任せましたという風に心細そうにドアを閉じた。

五階の外スペースに出るガラス戸は——あたかも美春を歓迎するかのように——開け放たれていた。引き返すか迷ったが、出て、今度は初対面の女と会釈を交わす。

「なにがあったんでしょう」

「ここから、飛び降りたっぽいですよ」やはり、飛び降りだった。

「え、ここって、ここですか」

「警察の人が、そこに履物が置かれてたって」畳二枚を縦につなげたようなスペースの、左端を女は指さした。美春が覗き込んだ時には姿がみえなかったが、五階の女の方がずっと前から（多分、ここに出たり入ったりしながら）野次馬を継続していたのらしい。

美春は思ったほど衝撃を受けず、それでも
「えっ、そうなんですか」と声を出した。

「この階の人、らしい。何号室かは早口で聞き逃した。さっきまで、廊下に何人か警察の人がきてて、無線でそんなふうに言ってたと思う」女は声を潜めながら、断言を避けた。

「そうですか」と美春は相槌をうち、女はスマートフォンを片手にまた地面を見下ろした。それ以上に知っていることはないのらしいし、美春も質問できることはなかった。

もうAEDの音は止んでいて、二人で見下ろすと担架もなくなっていた。救急車の発進の際のサイレンは、おそらく鳴らさなかったのだろう。

「怖いですね」

「ほんと怖い、ね」通り一遍の言葉を交わすうち、五階のエレベーターから男が二人出てきた。紺地に「神奈川県警」と視認しやすい白文字で記されたベストを着ている。一人はスマートフォンではない、無線のマイクで誰かとしゃべっている。もう一人はスペースにいる二人の姿を視界の端におさめたが、すぐに視線を会話中の警官に移した。二人に退去を命じたりすることはなく、そのまま立っていた。

美春と女は横並びで、警官二人の様子をしばらくみた。なにがあったんですか？　と質問しても、横柄にされることはなさそうだ。だがやはり、詳細を教えてくれる気はしない。飛び降りです、くらいの言葉はもらえそうだが、それ以上はどうだろう。

雑踏でテレビのロケの人だかりに対処していたスタッフをつかの間思い出す。なんですか、ドラマですか、いつやるんですか。通りすがる人々の質問に若いスタッフは番組名を可能な限り短く口にするだけで、心底迷惑そうな、不機嫌そうな気配をたたえていた。
美春は静かに立ち去ろうとし、考え直した。今年の一月から引き受けた、Rグランハイツ管理組合の理事という自分の役職を思い出したのだ。

そうだ、私、理事だった。

ここに越してくるまで生家を含め三十年ほどずっと賃貸暮らしだった。だからマンションの管理組合というものの意義や役割をろくに把握していなかったし、組合の実務を行う者を「理事」と呼ぶことさえ知らなかった。そもそも理事がどのように認定されるのかも知らずにいたが、自分が依頼されて初めて（よそは知らないがこのRグランハイツの場合）「ほぼ、あてずっぽう」だと分かった。特に人柄や能力を見込まれてというわけではない、先任の理事の一人が隣に住んでいて、これまで何度かエレベーターで挨拶を交わしただけで、見込まれたのだ（挨拶を交わすだけの常識はあるやつだ、と）。

もちろん面倒だと感じたし、試しに出てみた昨年末の「総会」で、理事たちは厳しく冷淡な口調で突き上げをくらっており——不祥事の釈明をする企業の記者会見の現場を彷彿とさせる殺伐としたやり取りで——その、突き上げをくらう側のパイプ椅子に来年の自分が座るということに「無理無理無理無理無理！」と悲鳴をあげそうなほど怖くなって途中で退席したのだったが、その後で夫の恵示《けいじ》と話し合った末、引き受けることにした。

断るのもそれはそれで後ろめたく思われたからだ。総会の厳しい突き上げをみたことが、余計に「嫌だからと断ることの身勝手さ」に対する罪悪感を抱かせてしまったのでもある。

持ち回りで任期は二年。半数ずつ交代で一年目は特に役目も軽いし、事実上のボランティアだから責任を問われることもないし（それが本当なら、総会では皆に頭をなでなでしてもらいたいくらいなのだが）、分からないことはなんでも教えるし、理事会も毎回参加の必要があるわけでもない。先任の男は、勧誘者の立場ならばそういうだろう、と思われる言を根気よく積み重ねた。その先任の者も、いやいやながら公共の場における義務と思って引き受けてきたようで、だとするとなおさら断りにくい。

恵示とのじゃんけんに負けて、今回はと美春が引き受けた。恵示はもう四十歳、美春は三十五歳。決して若くはない年齢で組んだローンの支払いがまだあと三十年以上。もう、他に引っ越すことは考えにくい。つまり二年の任期を終えても、残りの年月のうちに二度目、三度目の声かけがありうる。そのときは交代しようと二人で取り決めてのことだ。

しかし管理組合の理事って、どこまでのことをするものだろうか。たとえば今のような状況で。

先々月の理事会では、ホームレスがある棟のエレベーター管理室に何日か住み着いていたという「事件」が報告されていて驚いたばかりだが、そのように議題に上がっているということは、どこかの誰かが理事会に報告したということだ。

同じようにふるまうべきではないか。美春は迷った。今、自分の住む棟で起きたらしい飛び降りについて、もっと把握するように努め、報告をするべきか。一応、理事なのだし。

理事という肩書きが自分に少しも馴染んでいないことを実感し直す。

先月の火災報知器の誤作動の際は、理事長を含め理事の何人かが顔を出して、駆け付けたセキュリティ会社の若者とともに立ち会ったものだが、今回も、自分よりも理事をまっとうしている熱心な理事がここに登場しないものか。他力をあてにする脆弱な性根を自覚しつつ、美春は逡巡を続けた。

今まさに飛び降りの瞬間に立ち会ったのなら、１１９番に通報するという「取るべき行為」があって、こんな自分でも、迷わずそれを選ぶことができるのに。「惜しい！」という気持ちになって、あわてて打ち消す。すでに救急車も警察も到来していてなお取るべき態度なんて、明文化されているわけがない。

ここで話している女は、特に見知っている住人というわけでもない（５０７のおばあさんとは面識があったが、先のやり取りをみるに、この案件とは無関係そうだ）。

これがもし、飛び降りじゃなくて殺人だったら、むしろ警官たちは率先して各戸の呼び鈴を鳴らしたはずだ。ドアを開けるな、と警告して回るだろう。

そうでないのだから、だとしたらもう、思い切って警官に話しかけてみるか、家に戻るかだ。

家に戻る。それが正解な気がする。状況の把握に自発的に努めるのは優れた理事像かもしれないが、義務ではない、はずだ。

煮え切らない気持ちを抱えたまま美春は三角の階段をのろのろと登って六階に戻った。６０７号室のドアの金属音を立てないようにそっと開閉する。コースケがひょんなことで起きてしまうかもしれない。

「どうだった」台所で洗い物をしていた恵示が、濡れた手のままで振り向いて尋ねた。

「五階から飛び降りらしい」

「ベランダから？」

「いや、外のスペースよ。エレベーター脇に、外に出られるスペースあるじゃん、あそこ」

場所の呼び名がないので「スペース」と言って分かってもらうしかないが、通じたようだ。

「え、あの喫煙所みたいなとこ？」

「そうそう」

「あそこからだとしたら、玄関脇に落ちたってこと？」

「そうっぽい」恵示は手洗いの食器を水切りかご代わりの穴あきシートに載せ、食洗器にかがみこんで洗剤を投入し、スイッチを入れた。ざあざあとどこか物々しくもある、食洗器の水流音が鳴り響いたのを契機にして、いざという感じで今度は恵示が出て行こうとした。

「待って、コーちゃんは？」今日の寝かしつけ担当は恵示の番だった。すべての家事や雑事を等分にシェアできるわけではないが、半分に出来ることはなるべく半分で、が夫婦の間の了解になっていて（理事もじゃんけんで決めたのは「順番」だし）、子供が寝るときの付き添い（通称「寝かしつけ」）は五年以上、交代で行っている。

「コースケはあれからすぐ寝ついたよ。今日はよく寝てる」

「そっか」美春はほっと息をついた。元気なのは嬉しいが、年々「寝なさ」がヒートアップしてきている。

恵示は妻がさっきまで履いていたサンダルをつっかけ、やはり音を立てないようにドアを開閉して出て行った。

自分も率先してみにいったのだし、夫の野次馬根性を責める気はおきない。自分よりも社交的な人だから、警察の人にも食い込んで、もっと情報を得てくるかもしれない。そもそも、このことを野次馬根性とあまり思っていない。

美春は思う。義務ではないからと引き返してきたのとは矛盾するが、真実に肉薄したい気持ちもまた本当だ、と。

それは理事会に知らせなければとかいう公的義務感とは無関係の、動物的なふるまいに近い。犯罪者は現場に戻る、という格言があるが、犯罪者でもなんでもない誰でも、なにかの現場をみたいものではないか。無関係でも、暴力的ななにかが発露した場所を、自分の目でもみて確認しておきたいという気持ちが湧くものだろう。

いや、それをして野次馬根性というのかもしれないが、ある程度のそれの発露は、自然なことなのではあるまいか？

やかんをコンロにかけ、夫の洗い終えた食器の中から菜切り包丁だけ取り出して布巾で拭い、シンクの扉の包丁入れにすとんと戻した。

寝室に入り、息子の寝顔をみた。よく寝てるという「情報」はすでに得ていたが、やはり足を動かして、寝顔をみにいく。

よかったと思う。最初に消防車のサイレンが鳴ったのが十時半。普段はなかなか寝付かないコースケがうとうとし始めたころだ。救急車のサイレンが数分後。ベランダに出て、今度は音を鳴らさないでやってくるパトカー群を見下ろして、異変はどうやらこのマンションだと悟った。

消防車がもう少し早かったら、パトカーの到着をコースケも把握したかもしれない。そうしたら何事かを感じとり、怯えてしまったかも。先月の火災報知器の誤作動のときは、やはり不安そうな顔をみせていた。

息子のあどけない寝顔を眺めてから寝室のドアをそっと閉じ、ティーバッグを箱から取り出した。ハーブティーの、カモミールは安息効果があるとかいうのを美春は信じていない。だがむしろ、今こそ効能を発揮してくれよ、と、ほとんど攻撃的な気持ちでそれを選んだ。明日のバイトは早番で、眠れるならすぐに眠れたほうがよいのだった。

火災報知器の誤作動のときと異なり今回は、近隣の人もほとんど顔をみせなかった。出会ったのは下の部屋のおばあさんと、もう一人だけ。そんなんでいいのか？

今回は、あのときのような不快な音が鳴り響いていないし、第一、あれよりずっと遅い時間だ。このマンション自体、今やお年寄りが多そうだし、すでに皆、寝入っているのかもしれない。

そう整理してみても、得られる納得感は乏しいものだ。火災報知器の誤作動と、一人の人間が飛び降りて心臓が停止したという出来事の大きさの違いに対し、騒ぎの規模が釣り合わない、どころか真逆ではないか。

沸いたお湯を注ぎ、マグカップにティーバッグの紐を垂らしたまま再びベランダに出て、美春はマンション外を見下ろした。棟のこちらからは先の「現場」はみえない。道をはさんで向かいに簡易裁判所と児童公園。

裁判所の敷地内にはみごとな桜の木がある。昨年と今年、屋上で花見をするのを目撃した。まだコロナが五類に移行してない中、皆、マスクをしながらの小規模な慎ましい集いだったが、いつもはもっと盛り上がるだろうと想像できた。ちょうど巨木の枝がみごとにさしかかるあたりに茣蓙《ござ》を敷いての宴で、役得といっていい特等席の花見だ。今年の桜はほぼ散り終えた。屋上に人影はない。横をみても、ベランダから誰か顔を出している様子はない。

下にはパトカー数台のほか、新たに自転車もいくつか空きスペースに停まっているのがみえる。警棒を収納できる、警察の自転車だと分かった。付近の交番の人間も駆り出されているのだろうか。大事件だ。

って、誰か言ったのかな。

中学生のころに大人の借りてきたＤＶＤでみた映画。ゲイリー・オールドマンが悪徳刑事を怪演というのが大人たちのいう「売り」だった。リース・ウィザースプーンとかジョシュ・ハートネットといった外国の俳優の名は子供でも妙に覚える。今もゲイリー・オールドマンという名だけ出てきて、映画の名は思い出せない。ハーブティーをすりながら、美春はその役者が叫ぶシーンを思い出していた。悪徳刑事が主人公を徹底的に包囲するため、無線に叫ぶ。「全捜査員をよこせ！」と字幕がついたが、特に英語の得意ではない美春にも、そのフレーズだけは聞き取れた。

不機嫌にドスの利いた号令で、夜の古ぼけたマンション群に吸い寄せられた警官たち。だとするとやはり飛び降りではない、これは事件で、犯人（もしかしたら冤罪）はいまだマンション群の中庭に潜伏中、という想像をしてみる。中庭の茂み、藤棚のあたりにひそみ、膝をかかえて煙草を吸っている。

あるいは殺人事件発生後にようよう到着する、刑事コロンボ。これも大人達にみせられた。

確実に死にたいなら、私なら最上階からにしますね。なんでまた、二階下にしたんでしょうね……拙速に自殺と決めつけたがる部下に対してみせるコロンボの疑念も――大人たちがむやみに支持していた小池朝雄の方の吹き替えで――浮かべる。

そんな風に不謹慎な想像をするのは美春の普段からの癖だったが、浮かんでしまうだけで、もちろん今はそれを楽しんでいない。ただ思う。少し前から漠然と感じていた澱のような、うっすらと暗い気配が、このマンションにはやはりある。我慢できないとか、耐えられないというほどでは今のところないが、たしかに「ある」気配。

飛び降りにあまり驚いていない自分自身が、この場に澱んだなにかに対する答えの一つのようでさえある。

やっぱり、管理組合の理事会のCCメールに報告しよう。

美春は念じるようにそう決めた。マグカップの残りを飲み干し、太ったティーバッグを持ち上げてみる。

それから下の様子ではなく、視線を水平にして、夜景を眺める。

七年前に結婚してすぐに恵示と住んだ都内の賃貸マンションのベランダでは、遠くに小さくだがスカイツリーの輝きがみえたものだ。タワーの上部がすっと横棒を刻むように光るのが、東京のはずれでみても分かった。コースケが生まれ、神奈川県のR市に居を移して今度は富士山が近くなったが、南向きのこのベランダからはみえない。飛び降りのあった、あのスペースからもみえない。反対の西向きのスペースでさえ、天気が悪いせいかみえたためしがない。残念だ。

　スカイツリー自体を好きだったわけでは少しもないし、それがみえていたときの暮らしがよかった、と悔やむ気持ちは特にないが、今もベランダに出ると、ないはずの、すっと横切る光をつかの間探す。

2・翌日　立花恵示

「朝だよー」朝、立花恵示が声をかけると
「のむ」とかろうじて返事がある。朝の到来を告げる声に対して「呑む」は返事としておかしいのだが、毎朝の流れの中でつい、自然に流してしまった。息子のコースケは今夏には六歳になる。のむ、という声に含まれる眠気に恵示はいつも感じ入る。
　感じ入るというのは、親バカの肯定的な感心が含まれるとはいえ、肯定とはまるで別の、虚心な驚きが大きい。いきなり、いっぱしの大人というか完成品の人間のようだという。けだるく深い、心底眠そうな声音。
「卵焼きでも焼こうか」おととい揚げ物をした、残り物の油をなるべく使ってしまいたい。
「目玉焼きがいい」元気のない抑揚で、でも「じゃないほう」を挙げるのは子供ならではの天邪鬼だ（「目玉焼きでも焼こうか」と問えば卵焼きをリクエストしただろう）。目玉焼きの方が楽なので、誘導がうまくいった。

パンをかじるときも目が細い。仏頂面だ。日中から夜、布団に入るまでつねに典型的な幼児らしい、元気で落ち着きのない挙動に終始しているが、朝だけはのっそりとスローモーな、仕事いきたくない、有給とって寝直したい、温泉いきたい沖縄いきたい、とでも吐露するような——音楽でいうならブルースを解している者の——態度と表情であり、人生の辛酸を数十年、ともに舐めてきたなにかの同志にさえみえる。

「はい、熱はかって」美春が体温計と連絡帳を出して卓に置いた。恵示は台所で先夜の揚げ物の油をすくってスキレットに垂らし、卵を焼く。ウインナーもつけてやることにして脇で炒め、すでに食べているパン皿に、フライ返しですべらせてやる。ミニトマトを切らしていたが仕方ない。朝起きて、どちらがご飯を用意し、どちらが登園の身支度をするか、夫婦で示し合わせていない。自然となんとなく動き出す。ただ、洗濯機を回すか布団を干すかという判断までは、恵示はあまり気が向っていない。

「ミロは？」改めて尋ねる。

「のむ」

朝の第一声よりもやや強い。は、ただいま。とかしずいて返事をしないといけないような、威厳に満ちた、どころか傍若無人といっていい強い口調の「のむ」だ。仏頂面の息子を見下ろしながら、またも恵示は感じ入る。なんと人間っぽい態度だと。赤ん坊のときからそんなではなかった。どこにでもいる赤ん坊と差のない――よちよち動いてかわいい、動物みたいな――感じだったのが、徐々に意思の疎通がとれるようになってきて、近頃はよく喋るようになり、あれよあれよと五歳でもう、一個のたしかな個性や人格、つまり「他人」らしさをみせてくることに、新鮮な驚きがある。

甘やかしているわけではないつもりだが、親に向かってなんだその態度は、と真面目に怒る気がおきない。ほう、そうくるか、という感心が常に勝って、たしなめそびれる。いつか、世間で目上の誰かにどやされる局面が彼にもくるだろうか。

「自分で混ぜてね」怒らないけど、甘やかさないぞという気持ちで、ミロの袋をどんと置いてやる。

「スプーンも自分で出しておいで」

なぜ、この僕が？　とはコースケもさすがに言わない。小さな体を動かして椅子をおり、食器棚までとことこ歩き、スプーンを持って戻ってきた。

「お父さんも飲むから。スプーン舐めないで」ミロを舐めそうな予感がしてあらかじめ釘をさし、コースケのと自分のとカップを二つ持って戻る。実際には、一人分作っただけでかき混ぜてしまわないでね、というアラートが正しいのだが、とにかくスプーンを濡らすなという主旨は伝わるだろう。

「あ、私も飲むから、お父さんスプーン舐めないでね」寝室でボックスシーツのゴムをベッドマットから一辺ずつ外していた美春が、這いつくばった姿勢のままで釘を刺した。

「舐めるかい！」漫才のツッコミをするとコースケは喜ぶ。やっと眠気が薄れたようで、大きく笑った。

ミロの粉末をコップに落としてもらい、牛乳は恵示が注いだ。

この緑のパッケージの麦芽飲料は、恵示や美春が子供のころから（どころか彼らが生まれるよりも前から）売っているロングセラーだ。かつては瓶入りだったのが今は自立する袋容器になったが、パッケージのムードは昔と変わらない。元気にスポーツをする少年の、イラスト風に加工された写真が入っている。

大昔のミロの容器にもペーター佐藤の描くような、どこかアメリカンなムードのイラストが配されていたと思う。今の世はなんでもアニメっぽいキャラクターの絵ばかりになっているから、絵のムードが変わらないことには売り手の意志を感じ取る。絵に描いたような、という修辞の浮かぶ、はつらつとしたアメリカ（人風の）の少年がサッカーボールを蹴っている。片足が地面に対してほとんど水平で、迷いなく振りぬいていることはたしかだ。かつてミロを飲んでいたが、こんな風な俺では全然なかったし、今飲んでいるのもこんな風な我が子ではないな。恵示はパンをかじってミロを飲んだ。甘い。

朝食をとらせ、皮膚の薬を飲ませ、瞼に塗り薬を伸ばす。歯を磨かせ、着替えさせ、ここまでいつもの朝のルーティン通りで、自身は顔もろくに洗わずに最低限の着替えをして、自転車の鍵を手にとったところで一瞬だが恵示の足がとまった。

昨日、飛び降りがあったんだった。

駐輪場は一号棟の玄関を出て右のスロープを下りて、左を向いた三号棟にある。昨夜の美春の話だと、飛び降りた方向は玄関を出て左の、中庭に向かう方。いつも、迷わず自転車のある方に歩き出すから、コースケが左をみることはないだろう。でも、ミステリーにあるような、死体（死んだかどうかも不明なわけだが）の輪郭状に白線が地面にひいてたりしたら、どうする？

昨夜、美春と入れ替わりで外に出て、一階まで下りてみた時点ではそのような白線はなく、だからどこに落下したのかも分からなかった。神奈川県警のベストを着た男が何人か中庭のほうを歩いていたり、あるいはただ腰に手をあてて立っていたが、なにをしているのかは見当がつきかねた。入口を出て外の道路まで歩いていってみると、ものものしい大事件、大捕り物を予感させたパトカーの数も二台だけになっていた。

なにかあったんですか。エレベーター脇に立っていた一人に思い切って聞いてみたが返事は「飛び降りです」だけ。警官は――まるで自分が被疑者か被害者かその家族で、マスコミとの接触を必要最小限にとどめるみたいに――向こうに歩いて行ってしまった。

その反応は意外ではなかった。

「五階からですよ。ええ。〇〇号室の人で、今、ご家族に連絡とってるとこ。遺書があったんですけど長くてこれが、また字が小さくて読むのが大変でしてね……」などと捲し立てる、そんな饒舌な警官はいないだろう。

それで、妻が得た以上の情報を得られず、すごすごと帰ってきた。

とはいえ、あれだけのパトカーが集ったのだ。ネットなどで拡散され、新聞やテレビの記者がカメラを持って待ち構えていたりするんじゃないか。

子供を無防備に通過させるわけにはいかない。あのズボンは穿きたくない、このシャツは暑いと駄々をこねるコースケの着替え中に外に出て、エレベーター脇まで一人で行き、スペースに出て下を覗き込む。肩にカメラを携えた男やマイクを持ったリポーターの姿を探したが、誰もいない。いつもと同じ静かな朝の気配だ。

ほっとして、改めてまじまじと下をみる。この腰の高さまである手すりを越えて落ちたのだとしたら、そう遠くには落下しないな。ということは、落下地点は玄関の割と近くか。血の跡とかあったらあれだな。とにかく、わき目も振らずに駐輪場まで行くしかないな。よし。恵示は手すりを握りしめ、屋内に戻った。

　支度を終えたコースケと二人、妻に手を振る。

「今日はこれにしたら」靴箱の上のケースの引き出しを開け、その日の恵示の腕時計を選ぶのが、コースケの日課になっている。

「そうする」リュウズを押すと盤面が光る、スヌーピーのアナログ。三歳くらいまで、光るのを確認したがってまとわりついてきたが、今のコースケはいたってクールに手渡してくるだけだ。

「いってきまーす」

「いってらっしゃーい」

「いってきます、あ、コースケ、新聞新聞」ドアの新聞受けの取り出し口はちょうどコースケの背丈に合っている。出発前の最後の行いが、見送る大人に朝刊を手渡す、だ。今どき紙の新聞を取っているなんて美春や恵示の世代では珍しい。

　新聞は大事なことを報じないとか、批判しかしないとか、悪いことばかり言われている印象があるが、家庭面や文化面も含めた集合体としてみないから印象が悪くなる。総体として、安くて面白い読み物じゃないかと二人は考えている。最近はチーズや洗剤やスナック菓子など「値上げ」の記事ばかりを読み込んでしまうが。

「はい、ありがとう」美春が受け取り、恵示はヘルメットを壁のフックから手に取る。

「じゃあ、いってきまーす」

艶消しの黒く重たいドアが背後で閉まると、最近のコースケは「さんかくの」階段を昇降したがっていたが、今日は普通にエレベーターでいいという。ごみの日でないこともあってか、エレベーターには誰も乗ってこなかった。外もしんとしている。恵示が気遣う必要のない勢いで、コースケは駐輪場に駆け出していった。出し抜けにカメラを向けられることも、マイクを突き付けられることもない。改めてほっとしたし、拍子抜けな気分もした。

「虹だよー、おとうさん、虹虹ー」コースケの張った声が、遅れて歩く恵示の耳に届いた。

隣の三号棟は一号棟と一階部分の作りが異なり、道路に面した側がまるまる駐輪場になっている。すぐ上に二階をいただいているわけで、だからいつでも薄暗いのだが、端のほうには日が差して、それが自転車の反射板にあたって稀にだが、壁や柱や地面に小さな虹がみえることがある。多くが数センチの流線形。大きくても十センチくらいのものだ。
虹は出ないときのほうが多い。同じ位置に自転車が停まっていても、必ず虹が出るとは限らない。

幼い頃の恵示はコースケと同様、光や影にもっと関心があった。飛行機の中で天井のあたりにみえた小さな白い点が、手元で腕時計をわずかに動かすだけでびゅん、とダイナミックに移動する不思議に、いつも見入っていたのを思い出す。

あれと同じで、ここでみえる虹の光も、タイヤの向きがちょっとずれただけでなくなってしまうし、太陽の昇る時間次第でもみられない。だいたい、朝早ければ早いほど光は浅い角度で届くのだから、発生しやすいようだ。曇りがちで日差しが弱いときも当然ダメ。四ツ葉のクローバーほどではないが、みられるとラッキーと思えるほどには頻度の低い現象だ。

「どれ、虹どこー」

「ここだよー、ここ」

四年前にここに越してきて、そういう小さな虹を、恵示は初めてみるようになった。妻に訊いたら「そういえば私も初めてみる気がする」と同意したが、初めてなのは、世代によることとか、環境によることとか、すぐには分からない。

自分の記憶では、自転車の反射板は背後に一つだけしかついていないものだった。後輪の泥除けに赤いものが一つだけ。子供のころは遊びに出かける際の足として必需品だったが、その後あまり自転車に乗らない人生になった。中年を過ぎて子供ができたら、今度は保育園の送迎で電動の子乗せ自転車を使用するようになった。つまり、自転車を常用することについて二十年近いブランクがある。そして今の自転車は、前後タイヤのスポークにも白い反射板がついている。

夕暮れ、赤信号の車道で自動車が停止すると、十字路を横切る自転車の両輪がたしかに反射光を回転させるようになった。側面を反射させることが、衝突事故をどれくらい減らすことになるのだろうか（側面で自転車に気付くということは、必ず手前を横切っているということだから、近ければもうぶつかってしまうし、遠ければすぐいなくなるはずで、視認の意味がないのではないか？）。

とにかく、朝の光で駐輪場の床や壁に虹を作るのは、タイヤの側面の白っぽい反射板のようだ。子供のころにこんな虹がたまに地面に出ていたら、盛り上がったに決まっているが、そんな記憶はない。反射板は、自分が大人になって以降に広まったのだ。

そうだろうか？　確証はない。子供時代も団地住まいではあったが、こうまで大きな駐輪場のある暮らしではなかった。反射板の普及も自分が気付かなかっただけ、虹にも気付かないでいただけかもしれない。

　恵示の脳裏には、眼前の虹の綺麗さに関係のない考えばかり浮かぶが、子供は振り返る過去を持たない。コースケはただしゃがみこんで虹の至近に顔を近づけ、その綺麗さに心を添わせている。

「おお、虹だねえ」虹をみつけるたび「今日はラッキーだよ、いいことあるよ」などと根拠のないことを言い続けていたら、真に受けたコースケはどんどんありがたく感じるようになった。

　チャイルドシートに収まった息子のシートベルトを確認し、スタンドを下ろす。

「しゅっ」というとコースケが
「ぱーっ！」と続ける。大人顔負けの眠そうさを、もう彼は微塵も感じさせない。対するに自分はまだまだ眠い。一緒の自転車の前と後で水平に移動する二人だが、自分だけは地べたであがき、子供だけが軽やかに離陸していく、そんなイメージがよぎる。

　自転車はマンションの敷地を出て、昨夜、パトカーが縦並びになった簡易裁判所の前を進み、児童公園からどこかの独身寮前を通って大きな幹線道路に向けて、どんどん虹から遠ざかっていく。

　今、虹が出てよかったと恵示は思う。飛び降りを、根拠のない「ラッキー」が覆ってくれた。コースケには昨夜のことを知らせない方針なのだから、そもそも気にする必要はないのだが、だとしても、自分の気持ちがとりまぎれる一助にはなった。

Ｒ市は全体に土地がでこぼこしていて、上り坂と下り坂と平坦な道とがどこを走っても混ぜこぜに訪れる。上下だけではない、平坦な道も挟んでの「だんだん坂」になっており、だからここでの自転車漕ぎには独特のテンポが生じる。先の上り坂の到来を遠くから見通せるのであらかじめ（上り坂という）未来を予期できたような錯覚が生じ、走行中にわずかだが軽快な気持ちをもたらす。

「おはようございまーす」

「どうも、おはようございます」園の駐輪場で他の園児と、その親と出会えば快活に（ないしは快活そうに）挨拶をかわし、それが同じパンダ組のママ友、パパ友だったりしたらさらに世間話をしながら息子を保育園に預ける。多くの親がそのまま駅の駐輪場に進路をとるところ、恵示はＲグランハイツにまっすぐ引き返す。今日の仕事も家で片付けるつもりだ。

恵示がエンジニアとして勤める会社はコロナ禍以前からリモートワークを導入し始めていた（だからＲ市への定住を決意できた）。世間はコロナの深刻なムードの中で必要に迫られて「手探りで」の導入だったところ、恵示のところでは「いい機会じゃん」というような軽さでみるみるリモートが定着していった。ついには皆の出社が減ることを前提に、都心の一等地に移転さえした。大手ＩＴ企業が保有するビルの一フロアを借りて、社員でも予約しないと机を確保できなくなった（その予約システムも主に恵示が構築したのだが）。

カードをかざして入館し、人工大理石の床が輝くエレベーターホールで、おしゃれにデザインされた昇降表示を見上げ、ラテのカップを手にした女性と乗り合わせ、三十階からの都心の眺望を広く取られた窓から見下ろし、ガラス張りでオープンなムードをたたえた会議室のテーブルにカタンの箱が置かれているのをみて——若い社員たちが遊ぶんだろう——恵示は面映ゆい気持ちになった。入館から職場内まで「当世風のムード」が矢継ぎ早なのが、なんだか恥ずかしい。「いい機会じゃん」という「軽さ」でリモート中心の勤務形態に踏み切った。その「軽さ」の只中に、たしかに自分もいた。そのはずなのだが、その結果がもたらした景色の変化に自分はついていけてない。どこの企業との折衝でも「デジタルに強い若い世代」として扱われ続けてきたが、会社内では恵示を含めた創業時のメンバーは今や「古参」であり、四十にしてもう年寄りだ。

コロナが収まってきて出社できるようになってからも週一程度の出勤に留めている。エンジニアの仕事自体にさして支障はない。もうすぐコロナが「五類」になるというが、この仕事スタイルは戻らないだろう。

一号棟の入り口まで戻ってきて、今度は遠慮なく「左側」を（戻ってきてだから、右側を）みると、玄関近くのアスファルトに黒っぽい染みがあってぎょっとする。

この染み、前にもあったか。分からない。みあげて、五階の手すりを凝視する。空中に点線を描いてみて、このへんに落ちるかという見当をつけてみると、たしかにこのへんに落ちるんじゃないかという場所の染みだ。反射板の生み出す虹よりは大きい、それこそ人の頭一個分くらいの大きさで、赤さはない。乾いているようで、いつごろ付着したものか見当がつかない。

しかし、と思い直す。血って赤黒いものではないか。時間がたつとさらに黒くなっていくのでは（ここにあるもののように）？

しかし、と再び思い直す。血ってもっとこう、盛大にドバッと出たりするものじゃないのか。「五階から飛び降りてアスファルトに衝突した人間の血の出具合」なんて、「自転車の側面に取り付ける反射板の普及具合」以上に知り得ないものだ。

血だったとして、どうするものなのだろう。Rグランハイツは清掃を専門の会社に委託している。割と規模の大きなマンション群なので、数名が常勤しているようで、そこかしこで竹箒を使っている人や、ごみ回収ボックスの中の袋を収集車の停車スペースに積み上げている人の顔をだんだん覚えつつある。彼らが清掃するということになるのか。線香をあげたり、花を手向けたりということをするとしたら、その後になるのか。

それとも特に清掃しないのか？

そもそも、こう飛んだらこのへんに落ちるだろうという目測自体、飛び降りをしたこともみたこともない者の、はなはだいい加減な予測にすぎないのだが。

だから、どうするもなにもない。恵示は首を小さくふって屋内に入り、金属の集合ポストの、自分らの暮らす６０７号の箱を確認する。金属のポストは中ももちろん金属で、覗けば常に暗さをたたえている。

集合ポストの上には掲示物がまとめて貼ってある。先月の報知機の誤作動について、経緯の説明と、各部屋の火災報知ボタンを誤って押した際の対処法とが新たに貼り足してある。囲碁の会の報せ、中庭に長く放置された植木鉢の撤去予告、児童館の催しの報せなど、多くがＡ４サイズの中、Ｂ４で大きく貼られたものが目立っている。「Ｒグランハイツ・花だより」と題された、マンション中庭の木々や、各棟ごとにある花壇の花々の写真。

すべての掲示物の四隅が赤や黄色の、チェスのポーンみたいな形のプラスチックのピン――他では近頃みないピンだ――で念入りに留められていて、築年の古いＲグランハイツに似合ってみえる。

花々の写真については、理事会に出席した際の美春から聞いていたので、これがそれか、と得心した。少し前に管理室に苦情の投書があったそうだ。違法に出される粗大ごみに対する注意。三号棟そばの道路の陥没。頻発する、マンション関係者を装っての詐欺電話に対する警告。それから報知機の誤報も含まれるだろうか、とにかく「近頃は暗い話題ばかりが掲示されていて、みていて悲しい気持ちになるから、たまには明るい話題を掲示してくれ」との苦情だった。それでマンション内の花々の写真を撮って掲示することにした、これが「明るい話題」か。

Rグランハイツ五棟のうちの一～四号棟、二列二棟ずつ並ぶその真ん中あたりはちょっとした森といっていい規模の中庭で、その中の小道にも公園にも桜の木が何本かある。一号棟向かいの簡易裁判所に面した一本道も、塀の代わりにケヤキ、梅、棕櫚《しゅろ》、みかんなど雑多な木が遠くまで並んでおり、その多くの幹には木の名前がプレートで明記されている。別の棟の周囲にもそのように固有の木々や花があるだろう。

各号棟の者は、散策好きでもない限り、遠くの棟の木々や花をみることはないから、こうして一堂にまとめてみせることに意義がないとはいえない。

しかし、焼け石に水、とつい思ってしまうのは、昨夜の「暗い」話題があまりに大きすぎるからだ。

管理室に寄せられたクレームが「悲しい気持ちになるから」という通りの言い方だったのか知らない。その人が昨日飛び降りた人ではないだろう。でも、飛び降りた人も「悲しい気持ち」が昂じたから、飛び降りたのではないか。

花々の写真の掲示は、右下に記載された日付をみるに三日前のこと。みたかな、その、飛び降りた人。掲示をみて、少しでも慰撫されなかっただろうか。

駐輪場に朝、虹が出ることをその人は知っていただろうか。気にかけただろうか。

どれだけ考えても、詮無いことだ。

視線を落として、五階の各号室のポストに書かれたネームプレートも眺める。さまざまな苗字が並んでいた。パソコンのプリンターで自作したようなもの、手書きのもの、苗字が二つ列挙されたもの、達筆な楷書体、立体的なアルファベットの金属風のなにかを貼り付けたもの、ずっと取り換えていない、黄ばんだ紙のものもある。それらの個性の差は無論、その中の誰が飛び降りたかを示してはいない。

各棟ごと造形に差（駐輪場の有無やベランダの形状、間取りなど）はあるが、どの棟もおおむね、長い廊下の左右に居室が七室、一階に十四室の七階建てだ。

長く続く廊下のどんづまりと、始まりのエレベーター脇にはそれぞれ階段がある。廊下が長いことで空気が滞留してよどむことを防ぐためだろうか、一号棟には二階以降の各階の奥と、エレベーター側、両端には外に出られる畳二枚ほどの「スペース」が設けられている。回転式の鍵がついたガラス戸を開ければ「外」に立てる。ベランダのような形状の、どのように活用すべきものかよく分からない「場所」だ。風を通したいだけなら大きめの窓でよかったはず。ここで布団を干せというわけでもなかろう。

今日的な観点でみると「喫煙所」のようにも見受けられる。かつて働いたゲーム会社で皆が煙草をふかしてダベっていた雑居ビルの外階段の踊り場のように、端に設けてある、と。だが、建築当初に喫煙者への慮りがあったとは思えない。たしかRグランハイツの竣工は昭和四十九年。自分よりはるかに年上の、けっこうな古マンションだ。

住人の誰かとこれまで「ここのスペース、一体なんなんでしょうねえ」とか言い交したことはない。

いってみれば「デザイン」だ。マンションの棟それ自体の飾り。衣服の縁の部分を凝ってみせるような。実際、スペースの角はアールがついており、各戸のベランダの形とそろっている。機能性ではない、外からの見目を重視しているだろうことが窺える。

恵示は漠然と、この余剰の空間を好んでいた。煙草をやらないし、日常でこのスペースに足を運ぶことはない。出がけに雨かどうか確認するときくらいだが、それだってわざわざ外に出ずとも自室のベランダから手をかざせばすむことだ。しかし、たとえばコーヒーのコマーシャルみたいに、誰かがここでほっとしたり、深呼吸したりする。そんな想像ができる空間だった。

実際には、真逆のことが起きたのだが。エレベーターのボタンを押すと、ちょうど男が出てきた。

「あ、どうも」たまにみかける男だ。

「おはようございます」昨夜の事件についてひそめた声で言葉を交わすかもと思ったが、そんなこともなく、すっすと外に出て行った。

恵示はいつものように「６」のボタンを押したあと、ふと思いついて「５」を続けて押した。

五階で降りてみる。六階のそれをコピー&ペーストしたような景色だった。同じ滑り止めの床材、十年ほど前の大規模改修で塗り直したという白い壁の塗装。目の前には上下につづく階段。右手にスペース。左手は、各室に至る手前に、電気メーターの収納された扉。普段は壁に収まった防火扉。左右の防火扉を閉めたらそこであわさるであろう天井の中央あたりには、その防火扉の受け止めに関わるのであろう金具が飛び出ている。

五階の廊下に記者や野次馬の一人もいるかと思ったが、奥まで見渡してもしんと静まっている。右手のひいて開けるガラス扉に、特に規制線のテープは貼られていない。躊躇したが、開けて外に出てみる。六階より低いとは感じない。

昨日も思いついてすでに何度か試していたことだが、スマートフォンを取り出して、SNSで検索をかけてみた。

「R市　飛び降り」入力して最新の書き込みをみるが、数年前の別の事件を語る言葉が出てきただけ。昨夜のパトカーの並ぶものものしい様子は一つも出てこない。「R市　飛び降り　マンション」ワードを追加して、画面をスクロールさせる。自分が気になっているくせに、ほかの野次馬を当てにするなんて卑怯なことかもしれないな。

ぜんぜん関係のない、タレントの炎上のまとめ記事になぜかたどり着き、熱心に読み込みはじめ、俺なにしてるんだっけと我に返り、スペースから踵を返しかけ、あっと気づく。

朝からもやもやと、考えなくていいことまで考えてきたが、一番大事なことを忘れていたという気分になって、恵示はあわてて手をあわせ、殊勝らしく目を閉じた。そのまま、脱がれた靴が並んであったという、スペースの端のあたりに頭を下げ、拝んだ。

3・四月□日　美春

コースケを送り出したら美春はバイトに出る。先月から美春の勤めるドラッグストアは自転車で五分のところにある。途中までは保育園にいく道で、幹線道路を渡らずに左折して道沿いにいくことになる。

レジや清掃の他の美春の担当は、今のところ生活用品棚だ。12ロール入りのトイレットペーパーから洗剤、清掃用品などの陳列、補充と顧客対応。昔スーパーでバイトしたこともあり――導入されたばかりだという自動支払機が新鮮だったものの――割とすぐに慣れた。

一分で洗顔・スキンケア・保湿が同時に行えて「時短」になると触れ込みの顔パックもここで（まだバイトに応募する前に）買ったのだったが、やはり売れ筋のようで、常に追加の発注をかけているらしい。

「美春さん」

「はーい」

「A伝持ってきてもらえへん？」

えーでん？　言葉もだが、声の主がどこにいるか分からない。かがんで下の棚を補充していた美春が顔をあげると、棚の上の方には小池栄子が微笑みかけたポップが設置されていて、目があう。声はそのあたりからに思えたが、まさか小池栄子が？

「美春さん、A伝って分かる？」棚の上に積まれた補充用キッチンペーパーの横から社員の古崎《こさき》さんが顔を覗かせていた。

「あ、A伝票ですね」二つを同時に理解する。えーでんは伝票のことで、古崎さんが棚の上に顔を出しているのは向こうの通路で脚立に乗っているからだ。

休憩室につながる両開きのアルミのドアを押し開けるとバックヤードの倉庫の壁に発注伝票がアルファベットで分類され、吊るしてある。Aと壁に記されたところにつるされたバインダーを取って売り場まで戻った。

やはり古崎さんは三段の脚立に乗って作業していた。

「ありがとう」美春から受け取るや、エプロンのポケットのボールペンでなにごとかを書きつけている。

「それ終わったら、店長『のぼり』出し忘れてるから、出しておいて」

「分かりました。今日は何倍ですか」

「3な、3」今日はポイント3倍、今日はポイント5倍、今日はポイント10倍。極太の丸ゴシックの同じ書体で、数字だけ異なるのぼりが三種類あって、日によって使い分ける。10は滅多にあらへんねんと教わっていた。「今日はポイント3倍」と大書された極薄の布とポールを三本抱えて外に出る。

ポールの中には旗の上辺を固定する細い竿が収納されている。布の上辺の対応する輪に竿を通して、横も三つある輪にポールを通して、竿とポールを直角に接続し、店の外の三つの台座に差し込んでいく。

大漁でもないし、フランス国旗でもない、ただのポイント3倍なのに、この旗を掲げるときに少し血がたぎる（民衆を導くポイントの女神）。

「終わりました」ウインドー越しに設置をみていた古崎さんはその時点で満足そうに頷いていたが、報告をする。

「あんがとな。……その旗を作ってる業者の人に聞いたんやけど、一番売れるの、何倍か分かる？」

「一番売れるのは10倍のときじゃないんですか？」

「ちゃう、旗をみて買う人の売り上げのことじゃなくて、旗の中で一番売れる旗よ」

何倍の旗が売れるかなんて考えたことがなかったが、とにかくスーパーからクリーニング店、あらゆる場所でポイント〇倍を謳ったのぼりをみかけるようになった。

「5倍やって」2倍、3倍だとパンチが弱いからあまり頼まんし、10倍にはそうそう出来へんから頼まんのやろな。アハハ。

ベビー用品から化粧品、菓子、飲料の棚まで手広く担当する古崎さんは上司ではあるが、美春と同世代で、常に気安い態度で接してくれる。Rグランハイツの四号棟の住人で、目下小学五年生の子を育てていることは先週の休憩時間に知った。

「美春さん、住んでるのグランハイツやったよね」また位置をずらして登っていた脚立から身軽に降りてきた。

「一号棟です」

「せや。言うてたもんね。あんな、グランハイツのイベントボランティアに入ってくれへん？」

「イベントボランティアってなにするんですか」すでに理事を引き受けていることもあり、安請け合いはできないなと身構える。

「イベントの受付とかな。子供にお菓子配ったり。餅つきやったり。今年は分からんけど、コロナ前は中庭で盆踊りやってたん」

「中庭の公園でですか。え、できますか？」たしかに真ん中の森にちょっとした面積の公園があるが、遊具や藤棚の配置を思うと、真ん中にやぐらを組んだら窮屈そうだ。そう言

うと
「窮屈やで！」楽しそうだ。

「じゃあ、やれる範囲でよければ」

「助かるわ！　あとでＬＩＮＥの交換しよしよ。もうすぐまたプールのボランティアグループも出来ると思うから、そっちもよければ」

「でも、管理組合もやってるんで」

「あ、え、そうやったん！　だったらボランティアはやれる範囲でええよ、ていうか、あまりやらんほうがええかもね」古崎さんは露骨に気を遣って、誘いを全力で引っ込め始めた。

「管理組合は板挟みにあうと病んじゃうからな。理事の方こそ、ほどほどにした方がええよ。ボランティアの方が気楽やで」麦茶のペットボトルの箱をともに運び、栄養ドリンクの特売のポップを貼り替えながら、古崎さんは明るく喋り続けた。過去に一度、古崎さんの夫が理事になって、ちょうどそのころマンション全体の大規模な改修工事が行われたこともあり、大変だったらしい。

　何千万円もの大きな予算が一度に使われるとなると、無駄遣いじゃないか、この予算の内訳はおかしくないか、中抜きしてるんじゃないか、いいように業者にカモられてるんじゃないか。そんなふうに疑う人が必ず現れる。

陰謀論というワードが巷間に広まったが、今はなにかの決め事に個人が疑いを持ってかかるのが当たり前になったというか、疑いがカジュアルになった。

昨年の、怖くて中座した総会を思い出し、あれよりひどいのかと思うと体に震えが走る。

ボランティア、つまり皆と同じ罪のない住人である理事たちに対し、感謝やねぎらいなどの言葉は少しも出てこず、その反対にどの議題でも抜け目なく、不審を表明し、不備を糾弾してやると鵜の目鷹の目の連中が何人かいて、かつそういった人しか挙手をしない。

実際には重要な決議は全戸配布される紙の投票で決定され、おおむね穏当で常識的な方針に住人の大多数が賛意を示しており、総会ではそれを発表して可決するだけだ。なので反対意見をわざわざいいたい、クレーマー気質の者だけが総会にまで顔を出すから、必ず殺伐とする。

「ああいうのは、いつでも、必ずいるもんです」先月の理事会で総会が怖かったと話題にしたら、理事二年目のおじいさんが達観した言葉を述べて、皆も頷いていた。

言葉の真偽にでなく、皆が理不尽な突き上げにさして傷つかず、そのように達観していることに美春は感心したし、少し釈然としなかった。人はそんなにも、傷つかないでいられるのか。

　しかし、古崎さんの夫のときは直にクレーマーが自分たちの家までやってきて、固有の案件を長々と訴え、さすがに参ってしまったと。

「変なのって、必ずおんねん。大勢住んでると、中には！」古崎さんも先月の理事のおじいさんと同じ達観を示して見せた。関西弁のせいもあり、不平や愚痴、ネガティブなことも元気にいえる人だ。

　うわあ、とか、それは、とか、ぱっくり割れた患部を目の当たりにするときの声音で（実際にもその痛さが想像できて）美春は悲痛な相槌をうったが、古崎さんの明るい言いぶりに少し励まされる。励まされるし、やはり少しだけ釈然としない。さすがに参ってしまったというのだから、ちゃんと傷ついたのだろうけども。

　昼休みに家まで自転車を漕ぐ。道の端にふき溜まっていた桜の花びらもなくなった。いい気候だ。もうすぐ中庭の藤棚もみごろになるだろう。信号で立ち止まる。肩甲骨を動かしてみる。２リットルのペットボトル数本入りの箱を何度か運んで背中が凝った。肉体労働だと覚悟していたし、週末までを思うとしんどくなるが、今はまだ余裕がある、と思いたい。

　このＲ市の道はあちこち上り下りがあって、平坦な道もある。坂と坂を平坦な道が挟むと、ずっと先にある上り坂が「配置」されているように思えてくる。

赤信号で車道の奥をみていると、その坂を遠ざかる車は上昇し、向かってくる車は下降してみえる。つまり、斜面を奥や手前に移動しているのでなく、どちらも垂直に上昇下降しているように思える。アニメの中の道路と車の（律儀に拡大させるとセル画をいちいち描くのが大変だから、大きさを変えずに車を動かす）表現みたいだ。手を抜いているようで、実際の印象もそのようなのだから、的確な表現だといえる。

自分は今、ドラッグストアのバイトの昼休みで、このあと家でインスタントラーメンかタッパーの残りのチャプチェを食べるだけなのだが、はるか遠くの車の垂直な上昇と下降をみると、不思議と胸が切なくなる。

どこにでも行ける。

どんな道もどこか別の場所に通じていて、人は思い立ったらいつでもどこにでも行けるという事実や、また、そのように自由を象徴する「言い方」を、美春は知っている。カモミールはリラックス効果があるくらいに、知っているけど普段は信じていない。だって現実には、お金もかかるし、時間もない。いつでもどこにでもいけるものではない。かつて旅行代理店に勤めていた経験で、旅というものに逐一費用がかかることを美春は深く実感していた。

この町にきて、遠くの上り坂をみやるときだけ、垂直に上昇していく小さな車の先のことを思って、どこでもいける事実を急に至近に感じ取る。誰かが上昇していくのが嬉しいし、寂しい気持ちだ。もっと夏になって、かんかんに照り付ける日差しと、濃く青い空に大きな入道雲が下界を見下ろすように出たりなんかしたら、そのまま自分も電動自転車のパワーをあげてどこへでも上昇していってしまうんじゃないか。

三号棟の駐輪場まで一気に走ろうとして「おっとう」右に折れて五号棟に向かう。牛乳を買わないと。五号棟の一階はまるまる商用施設になっており、クリーニング屋とスーパーマーケット、端には管理事務所が入っている。

スーパー「Ｅマート」は二度ほど経営が変わったそうだが、それでも掲げてある看板は何十年も前からあるようにみえる。

コースケが牛乳になにかいれて飲むようになり、以前より消費されるようになった。恵示も美春もコーヒーに牛乳を入れるのが好みだから、思い立ったら補充しておきたい。

真昼のスーパーはすいていたが、先にレジに並んでいるのが一号棟の５０７のおばあさんだと気付く。

「お久しぶりです」

「あ、どうも」前に会ったのは、飛び降りのあった夜だ。ドアを開けて外の様子をうかがった彼女と、目と目があって会釈した。

「あら。お子さんはお元気？」

「はい、もう、元気というか、傍若無人です」

「まあ」おばあさんは買い物をエコバッグに移しながら小さく笑った。美春は1リットルの牛乳パックを片手に、並んで外に出る。

「おいくつでしたっけ」

「五歳です」

「じゃあ、もう来年には小学生」

「はい」最近の場合、だいたいその語句が出たらあとはランドセルを買う「ラン活」の話に続きがちだが

「まあそう、早いのねえ」ここではそうならなかった。先週は雨続きだったがここのところはのどかな過ごしやすい気候で、これがずっと続いてほしいという話をして別れた。三号棟の駐輪場に乗り入れるとき、段差で牛乳パックが上下に弾んだ。

　こないだの飛び降りの話にならなかったな。あのとき一応、目と目をあわせた二人なのだが。

　品がいい。

人の口に戸は立てられぬ。とか、噂の広まるのは早いもの。といった物言いがこの世にはある。フィクションの世界では人が一人死ぬような事件のとき、そういったフレーズとともに、読者に「概要」が伝わってくる。女は九十近い母親を自宅で介護していて、とか、借金が数千万円あって、とか。テレビドラマなら、噂好きのおばさんが教えてくれたり、好奇心満々で聴きたがりの女（そういえば、そういう役柄は女であることが多いな、と美春はふと思う）が聞き出してくれたりする。ずっと曖昧模糊ではフィクションの本筋が進まないから「知る」までを単純化するわけだ。

あの役の人は、今回の場合、いったいどこに？　美春はアテが外れた気分だった。誰でも自分が人生の主役なわけだが、本当にそうだっけ、とつい思う。

現実には、野次馬好きの口の軽い脇役が周囲にちょうどよく配されていることはなくて、そうすると、いつまでも、なにも、耳に入らない。おばあさんだけでない、五階のスペースでスマホを繰っていた女も、他だれもネットになにも拡散していない。

あれからしばらくは、恵示も美春もいの一番で新聞の地方欄をつぶさに眺めたが、Ｒグランハイツの飛び降りはとうとう記事にもならなかった。

過去にネットで読んだ誰かの言葉で、知り合いが知らない誰かに監禁され、何週間かのちに裸同然でなんとか逃げだして交番に駆け込んで保護され、もちろん監禁者は逮捕されたが、その一連が新聞やテレビでぜんぜん報じられなかったというのをみた。

監禁ではない、報じられないところに驚きの主眼がある。

そんなふうに知らされない、ネットにも載らないままの怖い・悲しい出来事が、きっとたくさんあるんだ。そう想像したら、五階のスペースから真下を覗き込んだときと同じ震えが蘇った。

さっき会話をしたおばあさんに対しては、責める気持ちが湧くわけでもない。彼女は彼女で独自に知ろうとして、そこで得た情報を自分にはわざわざ伝えないだけかもしれない。互いにその話をしないのは、プライベートを守る今日的な意識が働いているのだともいえる。自分もおばあさんも互いに健全に節度を発揮し、健全に気候の話で別れた。

それでいいんだ。

気にし続けているのなら、気にし続けている当人が野次馬になるしかない。

我こそが気にし続けているその当人であるという当事者意識の発生は、美春自身が地味と自覚する自分の生き方にポジティブなエネルギーを注入していた。すでに事件の夜、理事会の事務連絡のメールに報告をしていた。

資産価値向上のための外構整備などと議題にあがるのだから、人死にが出たなんてことは著しく資産価値に関わる気がするし、皆も無反応のはずはなかろう。

［存じ上げませんでした。驚きました］

［痛ましいことですね］理事長の細居さんと、マンション管理会社の社員で管理室に常勤している宮間さんから、そのようにまっとうな反応の返信がきて、一人で秘密を抱え込んだ気になっていた美春はそこでやっと肩の荷が下りた心持ちがした。次の理事会でなにか情報がもたらされるかもしれない。

　いるかも、と思ったが帰宅してみると恵示は不在だった。隣駅に新しくできたコワーキングスペースを試しにいくといっていたっけ。夫の発音は「コワー」がわざと強めなのでそこで区切られて、キングスペース、王様の場所になる。

　ワーキングスペースは分かるがコってなんじゃ、という、新しい言葉に対する不可解さというか、取り扱いかねる気持ちが発声に出ているのだが、美春は自分ならまだしも、と思う。夫はコワーキングスペースで働く代表みたいな職種で、しかもＩＴ業界では割とベテランだというのに、いつまでコになんか戸惑っているつもりか。ベテランだからこそか？

　ラーメンを食べ丼を下げると、美春は自分用のノートパソコンをテーブルに置いて起動させる。管理組合から次の理事会に向けてのＥメールが届いている。

　スマートフォンのメッセージアプリが定着して、今やＥメールのやり取りはほとんどなくなった。さっきも古崎さんとアプリの友達登録をしたばかりだし、保育園のママ友とのやりとりも、アプリによるフキダシの応酬だ。Eメールは先の発言者のメールへの返信の形をとるから、引用が付属していくとスクロールが長大になる。［痛ましいことですね］のあと、さらに積み上がったメールには、事務的な連絡の言葉しかない。

今度の理事会ではどの程度、話題になるだろうか。気にしすぎと自覚もしつつパソコンを閉じたタイミングで、スマートフォンが着信の音を立てた。古崎さんかと手に取ると［変だよここ。サウナが併設されてる］コワーキングスペースに出向いた恵示からだった。

［ええやないの、サウナ］すぐに返信をする。

古崎さんと接したのは少しだけなのに、関西弁はすぐに移る。

4・五月＊日　恵示

「しゅっ」と恵示が唱えると

「ぱーっ」とコースケが続ける。そのまま駐輪場を出て道路へと進みかけて

「おっとう！」自転車を蛇行させ、マンションのごみ捨て場に進路を変えた。前部の大き

なカゴにコースケのリュック、その上に燃えるゴミ袋。ゴミの日はそれを巨大な鳥よけネットの下に入れてから出発だ。一度、生ごみ臭い袋を積んだまま、園の駐輪場まで軽快に乗り入れてしまったことがあって、誰からもなにも言われなかったが赤面しながらの帰宅になった。

ごみ捨て場には作業服の男が二人いて、折りたたまれた資源ごみ入れを開いて設置しているところだ。感じ悪く思われないよう、明瞭な声音で挨拶をする。

恵示の配慮と無関係に、男達の返事は平坦か、覇気のないものが多い。

彼らは皆、腕章をしている。このマンション専属の清掃作業員であることの証拠だ。造園の仕事で出入りする者も皆、似た腕章をする。それのない作業服の人間は、怪しい人ということだ。

大規模なマンション群に暮らしているのだなあ、と腕章をみるたび思う。

「ちょっと、違う道を行こうか」ゴミを出したついでで、本来の道に戻らず、中庭に入って、スロープを登ると五号棟。開店前のＥマートの横から幹線道路に出る。二列に二つ並ぶ四つの棟は同じ南東向きだが、その北の五号棟だけ向きが南向きで、築年も少しだけ新しいのらしい。

いつもの横断歩道からはみえないが、ここからだと左手の奥にドラッグストアの看板がみえる。

「ほら。お母さんの働くドラッグストアだよ」

「知ってる」

「今日はポイント何倍かなあ」こないだ美春から教わった「『何倍』ののぼりが一番売れ筋か」のトリビアを思い出すが、コースケに話しても面白さは分からないだろう。

開店前で、のぼりはまだ出ていないようだ。

ここ十五年くらいで「のぼり」が町のあちこちに増えた。印刷技術があがりコストは下がって、小ロット――なんなら一枚からでも――大きなのぼりを安価に作ることができるようになったからだ。費用の割に目立つ広告になるのだろう、あちこちで爆発的に広まった。パチンコ店の「新台入替」とか居酒屋の「ジューシー唐揚げ」とか、それ自体がシズル感の塊のような巨大な文字群を、我々はすっかり見慣れた。

街にのぼりが増えたと、皆、あまり思っていない。

「そういえばそうかな」とか、感動の少ない平坦な相槌をうたれるばかりだ。なんでだよ、と気色ばむのもおかしい。別に、自分ものぼりが好きなわけではないのだし。

保育園の駐輪場につくと、ちょうど同じパンダ組のマユナちゃんとそのお父さんと一緒になった。

「コースケくーん」呼ばれてコースケは機嫌がよくなった。

「マユナちゃーん！」自転車から降りるなり興奮して大きな奇声を発しあい、園の駐輪場から手をつないで歩くのをマユナちゃんの父親と二人、遅れてついていく。まったく、微笑ましいものですな、そうですな、まさに子は宝ですな。

そんな安直な会話は交わさないが、恵示は勝手にそんな心持ちで歩く。

「ランドセル買いました？」尋ねてみる。普段パパ友ではない「ママ友」の方と会うと、いつも大抵ママが喋ってくれて、こちらは返事をする形でコミュニケーションが進む。今はパパ同士だし、こちらが年上っぽい。いつも受け身というのもなと思い立ったのだ。

ランドセルは目下、同じパンダ組のママ友パパ友の間での定番の話題でもある（ネットのバナー広告にも頻繁に出てくるようになった）。もう、買い求め終えた家もちらほら。誰某さんの家はパープル、誰某さんは白。どの家庭も恐れているのは、買い求めた後での子供の心変わりだ。試着したときは「好き」と言ってた（その言質をもって買ったはずの）服を翌週には泣いて投げ捨てる。そんな荒廃した時期をうちのコースケも、さすがに過ぎている。

いや、本当に、過ぎたのか？　三寒四温ではないが、揺り戻しがあるんじゃないかと美春も恵示も常に身構えている。

なんだか、事象のようだ。

地震でできた壁のひび割れや、台風を告げるテレビ画面をみるように、我々は子供をみている。

「もう、通販で」

「あ、そうですか。色は？」

「紺色です」へぇー。マユナちゃんパパの言葉が短いことに怯みつつ、愛想良く始めた会話のその愛想良さを急に引っ込めるのもおかしいので、恵示は話題を繰り出す。最近は持ち物にタブレットがあって重くて大変らしいとか、どうせ六年も大事にするわけないのに、高いけど安物がすぐ壊れた話も聞くから心配だとかいう嘆息混じりの話題は、話す相手を替えてすでに何度か繰り返されている。

「では」お互いに会話をつつがなく終えたことにほっとした感じで別れ、自衛隊機が低く飛ぶ曇り空を眺めながら一号棟に帰る。エレベーターが開くと、入れ替わりで作業服の男が出てきた。

「こんにちは」

男は伏し目がちに会釈をして小走りで去った。

宅配便という風ではないし、今の人、腕章、していたかなあ。訝しみながらエレベーターに乗り込む。ホームレスがこのマンションのエレベーター管理室に住み着いていたという話を思い出す。最初に聞いたときは、怖いとか嫌だと思う前に笑ってしまった。

三角の階段をひたひたと小走りで上り、人気のない最上階でちゃっかりと夜露をしのぐ、この建物の古さに見合った、老獪な老人のホームレス像を勝手に浮かべもした。

冷静に考えると怖いことだ。Rグランハイツはどの棟も入り口にセキュリティがないので、誰でも入り放題だ。

鍵を持たない来客は入り口で部屋番号をプッシュして、中の人に開けてもらうしかない、そういうセキュリティの仕組みは、新しいマンションでもある程度大きな規模のところにしかないような気がしていたが、今は小さな単身者向けのマンションにも広まっている。

巨大で、かつ人が入り放題というのは、ある時期の建造物からは「ない」といっていい。悪さをしたい者にとっては貴重な、入れ食いの物件なのだ。

もっとちゃんと、しっかりと恐れるべきなのかもしれない。六階で降りるとスペースに出て、手すりからさっきの男がいないかを見下ろしてみた。

男はいない。バックします、バックしますと女の声が繰り返されている。耳慣れたもので入り口脇では、訪問介護のワゴン車がゆっくりとバックして、車椅子の人とデイケアの制服を着た女がそばで待っている。午前中に敷地内でみかけるワゴン車は皆、訪問介護やそれに類する団体のものだ。どの車体も側面には「こもれび」とか「やすらぎ」といった柔らかそうなイメージの単語が記されていて、バックしますと優しい声音で呼びかける。

ここで暮らし続けるんだよな。

顔をあげると間近に三号棟の壁。左をみれば遠くに四号棟がみえる。

ジュラシックな、という形容が浮かぶ。

隕石の衝突に伴う気候変化についていけずに滅んだ（とされる）恐竜たち。子供向けの本に見開きで描かれた、ウロコや牙が威容を誇る恐竜たちがもんどりうつ挿絵を思う。立派なけやきや銀杏の木々をも見下ろすほどに巨大な、五匹の鈍重な「号棟」たち。

憂鬱というほどでもないが、いろんなことへの仕方なさの混じった息をもらす。また飛行機が低く飛ぶ音がする。

5・五月〇日　美春

「朝ですよー」語尾を伸ばして、恵示がカーテンを開けた。そのまま登園用の荷づくりを始めた。美春は台所に立ち、冷蔵庫を開ける。

「眠い」コースケの不機嫌そう、かつ堂々たるつぶやきが聞こえてくる。

「シッパーにする？　それともミルクティーにする？」

「シッパー」幼い彼のテンションをあげて時間内に登園させるため、甘いちょっとしたなにかで「気を惹く」習慣が始まって、もうすぐ二年になる。本格的なイヤイヤ期には通用しなくなったが、最近また、ある程度の効き目があるように思われる。真っ白なだけの牛乳は退屈な日常の象徴で、ミロやシッパーがその日常に色をつけてみせる。子供だましのようだが、大人だって、子供じみてみえないだけで似たことを実は求めていると美春は思う。コースケはのろのろと起き出してきた。

　パンをトースターに入れ、サラダ菜とハムを用意して食卓に戻る。コースケは眠そうな顔を首の上にのせたまま、どたどたと早足で寝室から出て、椅子にちょこんと体を収めた。

　先月まではミロで、今は久しぶりにシッパー。その輸入品の存在を、美春は子育てを始めるまで知らずにいた。太いストローの中にチョコやイチゴ味の顆粒が詰まっている。顆粒はこぼれ出ないように先端が工夫されており、牛乳をこれで吸うことで、味が付加される、という商品だ。少し上の世代が話題にする製品名は「ミルメーク」。皆が「なつかしの」品として語り合うが、それも覚えていない。シッパーのパッケージにはあまりかわいくない、牛が笑顔をたたえた外国風のイラストがプリントされていて、どのフレーバーのそれも、みるからに甘そうだ。

シッパーが登場したのは最近ではないのらしい。食物というより玩具を扱うときの眼差しで、コースケがストローをコップにさす。彼は甘い飲み物もだが、ストローが大好きだ。

朝食をとらせ、皮膚の薬を飲ませ、瞼に塗り薬を伸ばす。ここまで薬の効果はあまり感じられず、次に皮膚科にいったら先生に相談するべきだと美春は考えている。歯を磨かせ、着替えさせ、ここまでいつも通り。「朝用」の顔パックをコースケにはやされながら、とにかく最低限の身づくろいをして、自転車の鍵を手にとる。保育園への送迎のうち、朝送るのはおおむね恵示の、夕方迎えるのが美春の役割だったが、たまに（特に、コロナ以後恵示の在宅勤務が増えてからは）取り換えることにしている。園のムードや、シフトの異なる先生たちの顔なんかを、二人ともなんとなく把握したほうがよい気がする。

「いってらっしゃーい」

「あ、新聞」

「はい、いってらっしゃーい」新聞を受け取った恵示は寝間着のままで――今日も在宅仕事なのだろうが――二度寝するつもりであることは容易にうかがい知れた。

「ねえ、お母さん。お父さんにも聞いたんだけどさ」駐輪場まで歩きながら、コースケが尋ねてきた。

「『お父さんにも聞いたんだけど』なーに?」

「風って、なんで動けるの?」

美春は「ほう」と声には出さなかったが、そんな風に顎に手をあてたくなった。我が子の成長を実感し、思わず胸がつまる。その実感は、風ってなんで動けるのという、大人がもはや抱くことのない、詩のような質問に対してではない。

お父さんにも聞いたんだけどさ、という前置きに美春は感じ入ったのだった。普通の会話の、普通の前置きだが、もっと小さいころのコースケには「前置き」なんかなかった。もう、交わしているのは普通の人間同士の会話だ。普通すぎてつい感じそびれるときも多いが、最近どんどん、彼の言語は高度化している。

「お父さんはなんて言ってた?」訊き返しながらシートベルトを確認し、スタンドをおろす。

「『なんでだろうねえー』って」美春は噴いた。父親の声色の真似がかなり上手で、可笑しいが、これには別に胸がつまるほどの感動はしない。適当にはぐらかした恵示らしさも可笑しいし、なんでだろうねえ、と自分もいいそうだな、とも。もしかして前段「お父さんにも聞いたんだけど」には、同じ手を封じる意味合いが込められていたか？

どの家の子もそうだろうが、質問はどんどん増え、多岐に亘ってくる。こないだも家の扉の脇の、壁の四角い凹みについて聞かれて、分からずに保留にしてしまった。築年の古いアパートなどでも各戸の扉にみるものだ。大人の膝あたりのずいぶん低い位置で、郵便ポストの跡ではなさそう。なにに使われた凹みだろう。

風については、分かる。美春は気象予報士の書いた雑学の本をたまたま少し前に読んでいたので、かなり具体的な答えが浮かぶ。風とは、低い気圧と高い気圧との狭間で生じるエネルギーの移動である。

しかし、気圧というものをどう説明しようものか。

「ちょっと、夜までに答えを考えておくね」コースケは素直に頷いた。

「しゅっ」といいながらペダルを踏めば
「ぱーっ」と答えてくれる。

同じ年長クラスのママ友パパ友と、この日は会うことなく送り届けて、マンション群に引き返す。保育園まで平らな道とゆるやかな上りが多いので、帰りは下りがちになる。今日も息子をごねさせることなく引き渡したという安堵が訪れる。このあとのバイトは面倒ではあるものの、ゆるい下り坂で息をつき、手元のスイッチで自転車の電動補助を「ＬＯ

W」モードに切り替える。

行きは子乗せだと微量の緊張を伴う幹線道路を横断し、そのあと右折する横道は幅広だが車の行き来はほとんどなくなる。両脇に銀杏並木が続く見通しのよい道の先に五棟の大きなマンション群を視認でき、それは遠くからでもそれなりの存在感を放っている。

五年前、赤ん坊のコースケをベビーカーに乗せて恵示と美春は、家探しをした。

そのとき暮らしていた賃貸住宅は個室が二つしかなく、いずれ絶対に手狭になる。住居を親の都合で不意に変更し、学校を中途で転校させるのは酷だ。自然、コースケの小学校入学までが新居探しのリミットになった。

東京都内で、居間と台所以外に、恵示の仕事部屋と、子供部屋、寝室と、できれば客間。客間は将来、美春か恵示の親を（一人でも）引き取ることもできるようにというつもりで探し始めたらすぐに打ちのめされた。共働きの年収でも到底手が届かない。

そもそも、部屋数が多い物件（４ＬＤＫ）、それ自体あまりないのだった。かつて四部屋、五部屋あったとおぼしき中古物件の間取りは、その部屋をつぶして広めのリビングに改装されているのがほとんどだ。六部屋もあるという古い二世帯住宅を内見したら、シャンデリア風の照明がかかっている、一昔前のホラーゲームのペンションみたいだった。

「『かまいたちの夜』」と恵示は呟き、美春は笑った。ベビーカーの中でコースケは指を動かしてシャンデリアを見上げていた。

　そういった古い一戸建て物件は、住所が東京都というのが信じられない、一面が畑で、遠くにモノレールの高架がよくみえる立地で、二軒、三軒と巡れども同じような景色だった。隣のボロい家に手書きの張り紙がたくさんされていたり、家の至近の川に廃品が投げ捨てられたまま朽ちていたりした。

　一軒家の間取りはマンションと異なった、当時の施主の個性が出ており、みていて面白みを感じることはできた。玄関を見下ろせる吹き抜け構造や、屋根裏部屋や、庭に建てられたプレハブの別棟。「面白がれる」というのは二人にとって重要な要素でもあった。

　しかし、施主自体が去った家の、人の構想の痕跡だけを見続けると、そこにはどこかうら寂しさが伴っていて、面白さを覆っていってしまった。外壁も屋根の建材も、新築の物件のそれとは異なったものだが、その異なりには「名跡」のような風情もないし、アンティークといえるような味わいもない、ただの古さを提示しているだけだと気付き、二人を寂寞とさせた。これらの家で——大金をはたいて、だ——暮らす後半生を思うと無性に暗い気持ちになった。

　これならもう都内にこだわることはないな。客間も、一軒家も諦めよう。自分たちの購買能力と現実の景色を突きつけられていったんは落ち込んだものの、東京外れの中古物件をいくつか巡り終えたときは、さばさばした気持ちでもあった。二人は住む家の条件を抜本的に考え直した。

急行で都心に出られるのなら、在所は東京都内にはこだわらず、築年が古くてもいいという条件でなるべく広めのマンションを探していたら、出てくる物件に「プール付き」が散見されることに気付いた。二人が産まれるより前、一九七〇年代前半あたりに竣工した大きめのマンションにそれはみられた。

プール付きマンション！　恵示と美春は二人して声をあげたものだ。二人ともに、テレビや映画などで培われた安直なイメージ——ロスアンゼルスの富豪のような暮らし——をつかの間思い描いた。

しかし、プール付きであるという情報は、どのＷｅｂサイトのどの物件でもひっそりと小さく記されていることが多かった。そのほかのさまざまな情報、「フルリノベーション済み」とか「駅徒歩10分」「都心までのアクセス良好」「ドラッグストア、総合病院、スーパーなど至近」などと列挙される売り込みが大きく、画像の中にもどんと打ち出されているのと比べると、プールは食洗器程度というか「備考」に書かれるようなつつましさがあって（なんなら浴室乾燥よりも小さく表記されており）、二人の脳裏のロスアンゼルス的な想像との間に乖離を感じさせもした。

それらをみにいくと、はたしてプールは本当にあった。実際には「子供用」のものが多かったが、それでもシャワーや見張り台までしっかりと作られた、どれもれっきとしたプールだった。

築年がもうすぐ五十年に迫らんとする、それらプール付きの中古マンションは、壁のタイルやエントランスのしつらえにも独特な美意識を感じさせるものが多かった。そして、古い一軒家巡りで感じとった施主個人の創意と異なって、それらの意識が朽ちておらず——古びては感じられるものの——今なお息づいているようにも思われた。すなわち、これぞアンティークの風合いだ。

Ｒグランハイツが風通しのためにベランダのようなスペースを両端に作って外観に凹凸をつけているのも、正規のベランダ（やはり縁にアールがつけられている）と側面を揃えた総合的なデザインだ。ガウディのカサ・ミラ風とまではいかないが、そういった「意匠」のつもりがあるのだろう。

デザイナーズマンションという言葉はまだ広まってはいなかったかもしれないが、一九七〇年代当時の「モダン」であり、庶民の憧れの存在だったのだろう。今はあまり使わない言葉「ゴージャス」「デラックス」な、西洋風の最先端。Ｗｅｂはなかったが、新聞広告やチラシに当時はさぞ大きく銘打たれたのではないか。

それが今や備考欄になるほどだし、Rグランハイツではない別のプール付き（のはずの）物件を案内した若い不動産屋の男も「プール？　あったっけ、ここ、今確認します……ああ、ありますあります、あるようです」と、いたって張り合いのない反応をみせたりして、今日におけるマンション売買において「プール付き」は――超高級マンションにおける、スポーツジムと併設されたようなものを除けば――少しも重視される条件ではないのらしい。

「そのプールは現在も稼働していますか？」恵示は畳みかけ、不動産屋は大きなスマートフォンをさらに困ったように繰った。

恵示と美春にとってプールは魅力的だった。借入額のことや立地のことで頭を抱えたりしょげたりすることの多かった二人が久々に明るい声を揃えたのだ。プール付きのマンション！

彼らがRグランハイツを購入する際の、プールはさすがに一番の決め手ではなかったし、建築当初に喧伝されたであろうデラックスな夢を額面通りに期待したわけでもない。それでもなお、プールという単語が彼らを「面白がらせ」、気分を無邪気なものにさせたことは間違いがない。子供向けなのだから、これから育つコースケにももちろん意義のあるファクターであるはずで、有用なものだとも考えた。

実際には入居したその年にコロナ禍となり、プールは利用中止となったまいまだ利用できていない。今年やっと、再開する予定だ。先月の管理組合の理事会で、修繕工事の見積もりに対する決議が可決されたところだ。中庭のプールは空豆のような形で、今は落ち葉に埋もれているが工事を終えたら、今は少しもぴんときていないコースケも大興奮するだろう。

去年、ママ友宅のベランダでのビニールプール用に買い与えた水着を今夏もコースケは着られるだろうか。銀杏並木を過ぎて十字路を直進すると左手の塀の向こうにはどこかの企業の独身寮があり、児童公園をはさんで奥が簡易裁判所。右手前に「Rグランハイツ」と建物自体に大きく記された五号棟。R駅から来たとしたらまず現れる五号棟がグランハイツ全体の「玄関」とみなされているのだろう。他の棟にはマンション名の表記はされていない。本でいうなら表紙だ。

エレベーターに乗ると遅れてエントランスに女が入ってきた。「開」を押して待つ。

すみません。小声で会釈される。

「何階ですか」

「すみません、五階です」言われるまま「5」と「閉」を押す。小さな会釈で出て行った。

帰宅すると恵示は予想に反して二度寝していなかった。メッセージアプリに［早めにカフェで潜ります。お迎えは大丈夫］と来ているのに気づく。恵示は納期が近づくと、小説家のカンヅメみたいに長時間どこかにこもって仕事をする。それを「潜る」と呼んでいる。卓に広げられた新聞が、直前までそこに恵示がいた「痕跡」だ。

コーヒーメーカーに残ったコーヒーに牛乳をどぼどぼ足して、レンジで温め直す。ノートパソコンを開くと、理事会のCCメールが届いていた。先月の議事録が添付されている。ファイルを開くと、議題の中に飛び降りのことは書かれていなかった。開く前から予測できていた。

先の理事会では、拍子抜けの思いをすでに味わっていた。

ずっと気にしていた飛び降りの件を、司会を兼ねる理事長の細居さんが持ち出さなかったため、美春自ら会の終わりに「あのー、メールもした件ですが」と切り出さなければならなかった。各棟から（美春含め）三名、計十五名、選任されている理事――美春と同様ボランティアの住人たちで、この日の出席は十二名――は、ロの字形に並べたテーブルのあちこちでざわめき、または息をのんだ。

「え、いつですか」

「一号棟のどこですか」

「何日の、何時ごろですか」質問が相次いだ。先のメールを多くの人が読み飛ばしていたということだ。

あの夜、パトカーが（映画の悪徳刑事が怒号を飛ばしたみたいに）あんなに停まっていたのになあ。噂は広まらないときは広まらないし、口に戸は立てられないかもしれないが、皆が知らないなら戸の意味もない。

美春が知りたかった事件の背景について、管理室に常勤している宮間さんが挙手をして、話題を引き取った。独自に電話で警察や、各号室に聞き込みをしてくれていたのだ。その行動に敬意を抱くとともに、理に適うものを感じた。

「何号室かは言わないことにしますが、五十代の女の方です。病院で、お亡くなりになりました」美春だけでない、何人かが再び息をのんだ。

「少し前から鬱病だったそうで、娘さんが定期的に通っていた。しかし、あの日は来ていなかったそうです」あちこちからまあ、とか、そう、とため息が引き続いた。

「落ちたのは玄関脇。実は」そこで宮間さんは声をひそめた。

「血の跡がまだ少し、残ってます」

恵示と話した、あの黒い小さな染みだろうか。重ねて尋ねる気にはなれなかった。

「五十代ですか。もっとご高齢の方かとばかり」美春が漏らすと、左隣のおばさん――防災担当の理事である徳川さん——が「お年寄りはね、自殺しない」とやんわり否定した。

「死ぬのは中年ばっかり。私はここに住んで二十五年になるんですけど、飛び降りは知ってるだけで三人目。どの方も、皆さん、中年でした」今度はあちこちからあぁ、と納得混じりのため息。

いつも会の始まる前に来ていて、皆の座る席にティッシュを一枚ずつ敷き、その上にお菓子を配ってくれている、にこにこと温厚な徳川さんが、にわかにハードボイルドな見解を述べたことで美春は怯んだ。怯んだが、その言葉で美春のもやもやした気持ちはある程度治まった。今回は各室内ではない、共有の敷地での死亡だったので、事故物件にはならない、よって資産価値の低下にはならない、と管理会社側からの見解も出て、そのドライな言葉も、むしろ美春の心を落ち着かせた。

だって、そういうものだ。

駅のホームの人身事故だって、死体を取りのけたらすぐに電車は動き、大勢の日常はすぐに取り戻される。R市では美春たちの移り住む少し前の年に連続殺人事件の犯人が捕まり、市名自体が全国的に有名になった。そのときは騒然としたはずだが、今、道を歩いている皆が皆、顔をしかめて沈痛な面持ちを引き継いでいるということはない。至近で起きたから気持ちがざわつくけども、ざわつきに支配されたまま生きていくことはない、というか、できない。

徳川さんの放ったドライな言葉はともかく、宮間さん独自の調査報告が議事に記載されていないのはさすがに、残さなくていいのだろうか、とは思う。よくないことでも、悲しいことでも、マンションの歴史ではないのか、と。

しかし抗議するほどの強い思いが、自分にあるのかと問われたらその自信もない。いまだに知らない人で、現場に遭遇したといっても担架の姿（それも半分隠れていた）を遠くからちらっとみただけ。

レンジはとっくに止まっていて、あわててカフェオレを取り出し、ぬるいのを飲む。

五月になっても玄関脇のコンクリに染みは残っていた。美春も恵示もしばらくは、それを気にしないように努めたが、最近は本当にその存在を忘れている。誰も花を手向けないし、線香もあげないまま。葬式が行われたのかさえ知らない。

薄情だ。

そして薄情とは、個人個人の態度のことのはずだが、大きな仕組みとして発揮されるものだとも美春は考えている。

カフェオレを飲みのみ、恵示の広げたままの新聞を引き寄せてめくる。新聞を読んだらもう、バイトの支度をしなければ。

　コロナの影響で、美春の勤めていた旅行代理店は倒産寸前まで経営を悪化させた。ウイルスと同じようにいくつかの「言葉」も広まって、その中に「不要不急」というのがあったが、旅行代理店勤務者ほど、それをしみじみ受け止めた者はいなかったろう。すでにＲ市に引っ越し終えていた（つまり、マンション購入のための借り入れの審査がすんでいた）からというのは理由としておかしいのだが、美春は早期退職に応じた。端末に客の希望を入力し、検索し、飛行機やホテルの候補や旅費の見積もりを出す。美春自身は旺盛に旅行する質ではなかったが、客一人一人のさまざまな旅の希望（野生のヘラジカを間近にみたい人、Ｆ１グランプリを観戦する人、母親をアンコールワットに連れて行きたい人、等々）を打ち込み続ける作業には甲斐を感じていて、だからとても惜しかったのだが、マスク姿でがらんとした街を少し歩くだけでやむかたなし、とすぐに納得もした。

　コロナ中しばらくは専業主婦で、俺一人稼ぐのでも大丈夫だよと恵示は言ってくれるし、このあとずっとバイトで行くつもりなのかなど、自分でも決めていない。将来を楽観視しているつもりもないが、今はバイトをこなしながら「さて、どうしたものか」という気分を自分の中に持ち越し続けている。

6・五月□日　恵示

「しゅっ」というと背後のコースケが
「ぱーっ！」と続けない。

機嫌が悪いのか。出がけまでのやり取りでは、特に不機嫌ということはなかったはず。今日はこれにしたら、と玄関で腕時計も選んでくれた。

恵示は子乗せ電動自転車のスタンドを倒し、駐輪場を出る。

最近のコースケは特に不満なことがないときでもときどき、大人のペースに簡単に呑まれないぞ、と意地をはることがある。

「しゅっ」とペダルを漕ぎながら再度唱える。背後から「ぱーっ」はやはり続かなかったが
「ダンダンデレレデーンデン」気にせずに恵示は歌をつづけることにした。ビートルズ『カム・トゥゲザー』の冒頭。「シュッ」というボイスと、ダンダンデレレデーンデンというベースの繰り返しを思い出し、再現することにしたのだ。

その後の歌部分も、恵示は歌詞を知らない。

「ターララッタッタッタ、ターララッタッタッタ」知らないままリズミカルに歌い続ける。続けながら、電動補助のモードを「ＨＩＧＨ」に切り替える。残りの電力は40%。

あの歌、なんで「シュッ」ていうんだろうな。ビートルズには詳しくない。シュッて言いたかったのだろうか。なんで？　幹線道路の赤信号で停車して背後をうかがうが、五歳児が答えを知っているわけがない。

「あっ」もうすぐ青で走り出す車が昔のミニクーパーだ。恵示はそのナンバーのことをコースケに教えたくなる。

黄色いナンバープレートは軽自動車。白いのは普通の車。白と深い緑が反転したのはお仕事につかう車、黒と黄色が反転したのはお仕事の軽自動車。少し前に妙にしつこく質問され、かいつまんでだが分類を教えたばかりだ。

正しく把握しているかどうかは分からないものの、ナンバープレートに関しての質問はとりあえず止んでいる。つくづく感じるのは、子供は「意味」の取り扱いにプライオリティがないということ。

大人はナンバープレートの黄色とか色の反転に意味があることは知っているというか、もうなんというか「知り終え」ている。

へえ、とか、なるほどねえ、じゃああの車は商売で使う車なんだねえ、などといちいち道行く車の一台一台に興味を抱くことはない。そんなことよりも、目下のことや世事に脳を使っている。

なにかに記されたバーコードのこの数字は生産国を表すとか、大人になって初めて知るトリビアもあるにはあるが、得た知識を振りかざし、興味全開で世界を見渡したくなるような気持ちは生じない。なんというか、知った瞬間に「知り終え」ている。一枚から注文できる「のぼり」がぐんぐんと日常に浸透していっても、誰も驚かないし興奮しない。

子育てをする親は皆、世界の些事――ナンバープレートの色やなにか――に興味を示す子と向き合うとき、同時にそういう「知り終え」た、興奮のない自分とも出会い直している。

ここでのミニクーパーは、ナンバープレートにおける「例外」だ。めちゃくちゃ小さい車なのに、黄色いナンバープレートではない。つまり、ナンバープレートの色は本当は大きさ小ささでなく「排気量」で決まっている。そこまでの説明を理解するのは無理でも、例外を教えてあげたい。

令和の世を頑固に走り続けているクーパーはとっくに都心の方向に去った。自分たちも信号を渡り、ちょっと進んだだけで自転車の電力残量表示は30%に下がっている。購入して五年になるが、バッテリーがへたってきているのだ。

ちょっとちょっと。もうちょい頑張ってくださいよ。叱咤のような、幇間《ほうかん》のような気持ちを抱く。タイヤなどと違ってバッテリーは見た目が古びない。汚れないし、減らないから、現に持ちの悪くなっている現実があるのになお信じられない気持ちもある。

重たい、他に形容しようのないサイズ（あえていうと牛乳の1リットルパックか）のバッテリーを取り外して持ち運ぶとき、恵示は感じ入る。自分は「代償」を運んでいる。

恵示が十代のころに電動自転車は普及し始めた。どこかの金持ち（機嫌のいい、新しもの好きの）の子の家で乗らせてもらって、抱いた印象は「くすぐったい」だ。漕ぎ始めるまで電動の補助が入らない。半回転くらいしたところで不意に推進しはじめる。

最初から補助があったらバイクになってしまい、運転免許が必要になるという「理屈」でそうなっている。

それで理屈に乗っているような気分だった。とにかく、学生には無用のものだ。長じてのち、子育て現場で再会したとき、その妙なくすぐったさを懐かしく感じたが、すぐに頼もしく思った。黒いモノリスのようでもあるバッテリーは速度とパワーを生むための、リスクとしての重し。快適さを得ることについてのペナルティのようでもある。

保育園の駐輪場で同じパンダ組のミユちゃんとそのお母さんと出会い、コースケは機嫌がよくなったが、恵示も他の親子に挨拶する以上に気安く感じていた。二歳児クラスからの転園で、子供以上に実は緊張していた美春たちに対し、最初に率先して話しかけてくれたのがミユちゃんのママだった。

　ミユちゃんママが今、マスクをしていないこともまた、恵示の心中に勝手な仲間意識を生じさせた。コロナは「五類」とやらに移行し、街中でのマスク姿は半減していたが、保育園で出会う保護者の多くは今もマスクをし続けている人が多い。恵示自身も「なんだかここは右に倣えでそうしたほうがいい」気もしており、未着用の自分にうしろめたさを感じていたのだ。

　コースケとミユちゃんはいつも通り、興奮して奇声を競い合い、園の駐輪場から手をつないで歩く。親二人、遅れてついていく。まったく、微笑ましいものですな、そうですな、まさに子は宝ですな。いつも思う安直な台詞を今日も脳裏に再生していたら
「子供って、かわいいですね」と本当にミユちゃんのお母さんが言ったので、つい顔をみてしまった。

「いや、本当に」慌てて言い足す。さすがに子は宝ですな、などとは言えないものだ。

「コースケくん、大きくなりましたね」

「ミユちゃんも背が伸びましたね」

「ええ」

「スイミングはどうですか？　たしか、Ａ町のスクールに通ってるって……」

「あ、そうです。リュウセイ君ちの妹も、曜日は違うけど通い始めたみたいですよ」

「ああ、そうなんですね。ミユちゃんは運動神経いいから、泳ぎも早いのでは？」

「いや、まだ顔を水につけてみるとか、そういう段階ですから。でも、今のところ楽しいみたいですよ。コースケくんのダンスは？」

「それが、ぜんぜんやる気ないんですよ」本人の耳に届くと心外に思うかと、言ってしまったあとで口に手をやるが、ちょうど二人できゃあきゃあいいながら走り出した。親二人で嘆息し、転ぶよ、と声をかけながら後を追う。

　普段から親がインドア派なこともあり、休日のコースケはソファにぐにゃりと伸び広がってタブレットで動画をみてるか、ニンテンドースイッチをいじるばかり。体を動かすことをさせるべきだと近所にできたダンス教室に通わせたが、「行きたい、頑張る！」と威勢のよかったのは最初だけ。一年近くたった今、まったく溌剌としていない。大人に言われるから仕方なく通っている感じで、出掛ける寸前までぐにゃぐにゃしている。市の大きな体育館で行われる発表会の参加を節目にしてやめさせることに決めている。引き続きぐんにゃり人生にはさせたくないので、スイミングに切り替えようかと美春と検討しているところで、だからママ友にスイミング教室について尋ねたのはリサーチのつもりもあった。

「コースケ君は、ランドセルは決まりましたか」今度は逆にリサーチされる。

「まだなんです」

今度都内でランドセルの発表会があって、みに行くつもりだとミユちゃんママは言った。そんな品の発表会なんて、自分たちの子供時代にはなかったと思うが、驚かない。カタログに並ぶ六万円、八万円、それ以上の価格のランドセル群をみても、贅沢だとか批判する気もおきない。郷に入っては郷に従う、というときの郷とは場所のことだろうが、時代だって指すんだろう。

たまたま、量販店の安いのを気に入ってくれたら御の字だ、とだけ。少し前、コースケにネゴシエイトを持ちかけてはみた。二万円の合皮のランドセルにして、三万円で温泉にいくのはどうだろうか、と。八万円のを買うより三万円浮くし、温泉は双方が楽しい。どうだ、よい提案だろう？

どたばたと園内に走り込んでいく子らに手をふり、連絡帳を先生に託し、頭を下げて二人、踵を返す。

「小学校でもミユちゃんとは引き続き仲良くしてもらえそうで、ありがたいです」たしか同じ学区だったはず、と思ってそういうと

「まだ分からないんですが……引っ越すかも知れないんですよ」とミユママは不意に声を落とした。

「あ、そうなんですか」保育園の駐輪場までの短い道では理由を聞くには足りないなと思ったが、ママの方から――声をさらにひそめて――教えてくれた。

「前から悩んでいたんですが、ここ、連続殺人があったでしょう？」

「ああ、はい」

「うち、あの現場のすぐ近くなんですよ。もう何年も前のことで、ずっと気にし続けるのもおかしいのかもしれないけど。なんかあれ以来ずっと気持ちが塞いで」そこでもう、お互いの自転車にたどり着いてしまった。朝の保育園は、挨拶以上の込み入った話には向いていない。

「まだ、夫とも話している途中なんですけど。では」早口でミユママは切り上げ、電動自転車にまたがった。

「では」会釈を交わし、彼女に続いて自転車を漕ぎ出す。そんなの、めちゃくちゃ分かりますよ、という言葉は間に合わなかった。

　自分のとこは、飛び降りがあったけど住んでる。住んでるけど、気になる気持ちが分からないということにはならない。

二〇一七年に発生したＲ市の連続殺人では若い人ばかり九人死んだ。自室の大きな保冷ボックスに、切断された死体が放り込まれていたという、猟奇的な、凄惨な事件だった。フィクションのようだ。ニュースの詳報を知るごと、信じられない思いが深まっていった。

猟奇的な事件が起きるとアニメやゲームの影響を疑う人が必ず現れるが、そういう短絡とは異なる、影響ではない、フィクションそのものの気配が濃く感じられた。もうその現実がフィクションのよう。

九回もの、死体の切断につづく切断。現実なら、犯行に伴って生じるはずの肉体的な疲れや、世界への呪詛や内面の葛藤などのあらゆる気持ちが「ない」。犯人は疲れず、傷つかず、感じてない。すごくスムーズに「履行」された。そんな風に思えた。

二人でプール付きマンションにはしゃいでも「あの」事件のあったＲ市だということはもちろん、意識に浮かんだ。そのせいで、市内にあるというだけでＲグランハイツも相場より少し安いんじゃないか、と話し合ったほどだ。

部外者でさえ、そんなだったもの。もとから住んでいた人にとっての衝撃はいかばかりだったろう。可能なら、すぐにでも引っ越したかったのではないか。

実際には、既に根付いた生活をすぐに変更するのは容易ではない。今なお、決断がつかないでいるようでもあったミユママの長年続いているであろう葛藤には、同情の気持ちしかわかない。

同時に、相場が分からないなとも思う。

相場というのも変な捉え方ではあるが、そういうしかない。

少し前に至近で飛び降り自殺があったが、それはそれとして自分たちは暮らしている。

自分たちではないがこの世には、至近どころか、事故物件そのものに住む人もいる。好奇心で住むならまだ分かるが、単に「得だ」「気にしない」といって住む人がいるのらしい。

一方で、至近でない程度の近所の事件でも、そこから遠ざかりたいと悩む人がいる。磁石に釘が何本つくか、というふうに、陰惨な事件のあった場所のそばにいられる人間の気持ちの強さ（もしくは気にしなさ）は可視化されない。だから「相場」が分からない。

内心の考えの薄暗さと裏腹に、天気はよく、気温もすがすがしく凌ぎやすい好天だ。このあとリモートで打ち合わせだなんてもったいない。

電池の残量をみて、もう一往復いけると勝手に踏んで、自転車のバッテリーは持たずに家に戻る。

7・五月△日　美春

ダンス教室の手前で自転車のバッテリーが切れてしまった。恵示と美春とバッテリー我慢のチキンレースみたいになった末だ。意地悪とかものぐさではない、ぎりぎりまで譲り合い続けるのを二人して面白がってしまった結果である。

美春は普段は触れることのないギアを落とし、よいこらと力をこめて漕いで、なんとかたどり着いた。帰りが大変だ。

サンシャインＲダンス教室の駐輪スペースはさほど広くないから、当初は早めに着くことを心掛けていたが、あるとき逆だと気付いた。遅めにいって道路にはみ出すぎりぎりに停めたほうが、帰りはすぐに出られる。

「おはようコースケくん！」ＡＹＡＫＡ先生が快活な笑顔をみせた。コロナが五類になってマスクがなくなったことで先生の笑顔はさらなる強さを醸しており、格闘漫画のライバルが「こっちも本気出すとしますか」と足の重りを取り外す場面を想起した。

通い始めてもうすぐ一年。少し前までの先代はＳＡＲＩ先生。アルファベットで名乗るだけあって、身のこなしも歯をみせる笑い方も本格的だ。「アメリカかどうかは分からないが、確実にナイズドされてる」と恵示は評した。

　特にAYAKA先生の若さは眩しい。まだ二十歳。エネルギーに満ちていることの遠目にも分かる綺麗な肌と、身のこなし。

「おはようございまーす」コースケはかわいい声音で殊勝な返事をし、靴箱に靴を収めた。自分の息子が、ちゃんと外面がいいことに感じ入る。直前まで「えぇー今日ダンスー？　行きたくないー」と語尾を伸ばし、だらだらしていたのに、なんという豹変だろう。

　教室内は一面すべて鏡張りなので、水筒と汗拭きタオルを所定の場所に置いて準備するコースケの表情を、本人に気付かれずにみることができる。つまらないのか、緊張しているのか、とにかく硬い顔をしている。がんばれ、と美春は親らしく思う。

「がんばってねー」声もかける。

「はーい」サンシャインRダンス教室では、子供を預けたら親は出ていかなければならない。待合室がないので三十五分、親は外で待機する。レッスン中は最後まで入室禁止なのかというとそうではない。レッスンの最後十分だけ、入室して動画を撮ってよい。

　よそのダンス教室を知らないので、そういう習わしがあることも、そのことの意味も美春は（恵示も）飲み込めなかった。

何度か通わせた大雨の日、この、廊下とか待合室を持たない、鏡張りの部屋一個だけの施設を、欠陥教室だと思い至った。

三十五分の過ごし方が難しい。自転車で片道十分弱。Rグランハイツに戻って家事をしたり二度寝したりするにはいかにも短い。近隣にカフェやファストフード店があるかというと、駅前にないことはないものの、これも五分ほどかかる。美春はそれでも駅に向かってぐんぐん歩く。

カフェで読む文庫本もバッグに入れてある。コースケのダンス教室の合間に勉強したり読書したりすることで、時間を「上手にやり繰り」している気分に浸れる。

コーヒーを頼み、カウンター席に腰を下ろして文庫本の栞を探る。もう冷房が効いていて二の腕が寒い。

このいつものカフェで、ダンス教室に通わせるほかの親御さんと顔をあわせたことが、そういえば一度もない。皆、どうしているんだろう。外に出されて、そこらにただ立っているのか。ぶらぶら歩いているんだろうか。教室の裏に住んでるとかなら、洗濯ものの一つも干しに戻るだろうが。

どんな親も、子育て中には、自分が自分らしく過ごす時間を奪われる。恵示と違って誰かと呑みにもいけてないし、ライブも映画も、かつてのようには出かけられない。はなから諦めて、子供に注力する。

ダンスも子供の体力増強（というか、ぐにゃぐにゃ解消）のためにと選択したことなのに、不意にその子供と「三十分強、会ってはいけません、外に出ていてください」といわれたのは、意外な「お触れ」だった。例えが悪いが、急に牢屋の鍵が外され足枷も取り外され、喜びでなくうろたえる囚人どもの気分。おおげさな例えではないと思う。子供を二人育てている友人はSNSでいつも嘆いている。夫の帰宅はいつも遅いか出張で不在、子の一人は病弱で、そうすると本当に一年間に一日も、自分一人だけの時間は持てない、一日のうちでも十分間もあるかないか、と。

そんな中、不意に訪れた「子供を監督する義務」からの（合法的な）解放。それをただ立ってぼんやり待っている？　それでは子育て以外の、自分が「無」ということになりはしないか。そんな考えがついよぎる。

もっとも、ここ一年の美春に余暇の時間がまるでないわけではない。コースケは病気らしい病気もせずここまで丈夫に育ってきて、夜泣きも減り、腹をまるまる出して寝ていても朝はけろりとしている。放っておいても平気な時間が増えた。週に一度、美春は水泳教室に通えるようになったし、韓国語の通信教育も受けるつもりだ。

そのうえでなお、ここでのわずかな自由時間を過剰に惜しむ気持ちは、ひところの緊張感ある子育て時代に養われた、いわば「時間貧乏性」である。恵示も同様のようで、美春にならって文庫か漫画本を携えて送迎している。

　子供たちがボックスステップやポップコーンで小さな手足を動かしている間、皆、このカフェ以外の店や公園のベンチで、ふうっと息をついて、眼鏡を外しのびをして、語学の勉強をしたり、居眠りしたり、しているのであれかし。

　そういう一方的な連帯の気持ちは、子育てを開始してから思うようになったことで、安直だとも美春は認識している。

　今読んでいるミステリーがすこぶる面白く、美春は読みやめるのが惜しかった。「三十五分は入室禁止」というのは「禁止」事項だが、残り十分で動画撮影をするというのは「義務」だろうか。しないで、ギリギリの時間に迎えにいったら、なにか問題があるだろうか？

　発表会を終えたらやめさせるつもりの習い事だった。動画を撮って復習させるほどの熱意がない。外面がいいから従順に踊っているコースケにも、たぶん熱意はない。

　それでも栞をはさみ、美春は立ち上がった。レシートを長財布に入れ、カフェを出る。二の腕をさすりながら歩いた。

　自分は無ではないが、そんなに切実に自分を大事にしたいわけでもない。看守（ではないが）に指示されたとおり、かわいい我が子の動画を撮ろう。

自分の子はデフォルトでかわいい。そのかわいさに対し反射的にスマートフォンをかざして写真を撮る。撮るが、多いなあとも思う。こんなに撮って、どうするんだろう。

いつかあるかもしれぬ、コースケの結婚式。披露宴のホテルの壁の巨大スクリーンに、甘い感じのＵＫポップに乗せて、幼少期からのコースケの写真がコラージュされて次々表示される、表示され、表示され、表示され……。あのおなじみの演出が永遠に終わらない想像をする。まだあんの？　フカヒレ冷めちゃう。

でも、そのとき以外にいつそれらの画像を見直して、しみじみしたりするんだろう。前からストレージが圧迫されていて、恵示と画像の整理法を協議中だ。

教室の外まで音楽が漏れ聞こえる。オラついた男性グループの歌う、分厚い音圧の曲だ。普段は新たにできた支部に出ているらしい先代のＳＡＲＩ先生が今日は来ていて「みんな、とーってもよかったよ！」と張りのある声をあげていた。親たちは鏡の反対側に大勢が横並びで、皆少しでもカメラの画角を得るために壁に身を張り付けていた。

誰とも仲良くならなかったな。来月の発表会まであと数回は通うのだから、まだ可能性はあるはずだが、美春はもう諦め気味だ。駐輪スペースでは「どうもー」と親同士会釈をするし、「またねー」と一緒に踊っていた子に手をふったりする。ダンスの意識が高くきれっきれに踊ってみせるハーフの子や、コースケよりグニャグニャしててこぼれた液みたいに寝ている子の名も美春は覚えたのだが。

デジタル加工されて、どこかメタリックに響く男性ボーカルがきらびやかな、四つ打ちビートの今風の曲。

「ハイ、ハイ、ステップ、ステップ、ぐる、ぐる、まわ、るぅ、ゆびさきっ！」

ＡＹＡＫＡ先生の指示の声は音楽に少しも埋もれない。

体幹が弱いのだろう、コースケは決めのところで必ずぐらつく。それでも指でぴっと懸命に上を差して静止する様子を動画に収める。踊ること自体は、渋々やっている風にみえない。

「ここまでを、皆の前で一人で踊れる人！」と先生の呼びかけにも挙手をしている。根は目立ちたがりでもあるはずだ。

「ありがとうございました」最後に整列させ、ＡＹＡＫＡ先生はうちは踊りだけでなく礼節も教えてますよというアピールか、頭を深く長く下げる。

「ありがとうございました！」お辞儀をする子供たちの束ねられた復唱の声。コロナ前に前の保育園で開催された発表会でも、給食見学のときの「いただきます」でもなんでも、総体としての子供のお辞儀の声は必ず若干、間延びしたものになる。

整列のころにＳＡＲＩ先生が終わりを見計らってバスケットを用意しているのが視界の端にみえていた。誰かの誕生日のお祝いという名目で、クッキーかなんかを配るのだろう。

「今日はトーアちゃんの、三日前はダイキくんの誕生日でした。はい、おめでとう！　皆にもあるからねー」もらえるものはとりあえずもらう主義のコースケも受け取って、美春はＳＡＲＩ先生に近づきお礼を述べ、外に出る。

皆の誕生日を忘れてませんよというこれもアピール。いや、うがった見方をしてはいけないと思いつつ、美春はどこかで白けている。入会してすぐのコースケにもくれたのが逆効果だった。心ないとまではいわないが「やってる感」という今どきの言葉が浮かんでしまう。

コースケを乗せて自転車を漕ぎ出し、ペダルの負荷に驚く。直近のバッテリー切れをもう忘れていた自分に呆れながら、ガレー船の漕ぎ手の気持ちで踏ん張る。

重たいバッテリーを片手に戻ると郵便受けに理事会の資料が配布されていた。次回の理事会に先立って、議題と、参考資料とがあらかじめ束ねられている。分厚いものだ。

新聞を読むときテレビ欄と四コマ漫画から真っ先にみるみたいに、これが届くと美春は必ず巻末から開く。居住者が管理室に寄せた「苦情」の一覧が載っているのだ。

エレベーターのボタンを押すとコースケは

「階段でいく」と三角階段を登り始めた。

「いいよ」まあ、大丈夫だろうと許可し、自分だけエレベーターに乗り込んで、資料の巻末を読み込んだ。騒音で困っているが、下の階からの苦情だとバレたくはない。放置自転車。ふりつもる葉っぱで塗装が剝げた自動車の塗装費を請求したい。皆、いろんなことを訴えている。

この議事一覧を執筆、印刷して配布する作業は、美春たち理事ではない、管理会社の人が請け負っている。美春の引き受けたのは「広報・書記」だったので、書記というからにはこういった資料も書かなければならないのかと重荷に感じていたが、そんなことはないのだった。

五百世帯の暮らす大きなマンションで住人はどのように自治をするのか、理事会に入ってみるまで分からなかったが、ゴミ捨てボックスの蝶番が壊れたとか、プールを修繕するために工事業者に見積もりを出してもらうとか、そういった多くについて回る膨大な事務は、専門の管理会社に委託している。各棟に張られる掲示のほとんども、広報書記が書く必要はなかった。

もちろん、なにもかもお任せではない。プール修繕だったら、どこの会社にどこまでの規模の修繕を発注するか、管理費の積み立てで構成された予算をみながら、方針を定めるのが理事会だ。会計も管理会社のアドバイスを取り入れながら話し合う形になっているようだ。

管理会社への委託も、管理費に計上されているわけだ。その他、事務や雑務の多くを管理会社が引き受けている。常駐の宮間さん――いつも管理会社の腕章を巻いている――が飛び降りについて調べてくれたのだってそうだ。

義務だからと仕方なく引き受けた理事たちが全員、なににも精通していないずぶの素人ということだってありうる。意欲の薄い者ばかりという年もあるかもしれぬ。当てずっぽうで選ばれたボランティアにすべての強権が付与されるわけはない。

委託されたプロの管理会社が自治の大枠を定め、記録し、ガイドすることで、なんとかうまく回っているのだろう。

そりゃあ、そうだわな。入ってみて初めて、大きな納得を得た。

今、理事長を引き受けている細居さんは、たまたまご本人の仕事も会計士らしいし、修繕担当の一人は長年、建築関係の仕事をしてきた人だから内情にも精通していて、だから理事会のやり取りは聞いていて頼もしいものでもある。委託した会社の言いなりということもなさそうだ。でも、それは運よく、たまたま精通した人が理事になれただけかもしれない。

　ごみを分別するとなにかにリサイクルされるとか、税金を払うと道路が補修されるとか増水のときには防災のサイレンが鳴るとかいうことを、知ってはいるが、俯瞰的に体感する機会はない。それより規模は小さいが、自治を俯瞰的に「みる」ことは、美春の心にわずかな効能をもたらした。

　なるほどこうして世界が動くという納得が、美春の肉体をもしっかり安定させる。さらに意欲ある者は俯瞰した上で、この自治になにかを付け加えていったりもするんだろう。

「なあに、それ。なに読んでるの」エレベーターを出たところで、階段をのぼってきたコースケに指を差されて慌てる。四号棟の人の、たばこの煙が換気扇から室内に入ってくるとか、五号棟の人の騒音への苦情を、なんとか下の階からのクレームと思わせないように伝えてくれとか、そんなことをコースケに教えても仕方ない。

「今年はついに、プールがあるってよ」前のページの、プール修繕の見積もりのページに目を移して答える。

「わーい。ウォーターガン買ってー」

「えー」

「十メートル飛ぶやつ」あの、背中にタンクを背負うやつか。

「そこまででかいプールじゃないけどね」笑いながら、ここに住む前に恵示と声を揃えた「プールつき!」の高揚を、わずかに胸によみがえらせた。

8・六月×日　恵示

R市に引っ越して初めての朝帰りの電車で、恵示はわずかに落ち込んでいた。クライアントに指定された場所で打ち合わせをこなし、近くに来たからと前の職場の仲間と落ち合って、ノーマスクで久しぶりに飲み始めたら終電を逃し、タクシーをけちってネットカフェで仮眠をとり、朝早い電車で帰ってきた。

都心からハブになる駅までは急行でこられたが、各駅停車に乗り換えてそこから八駅。かつての東京住まいも二十三区内ではなく、朝帰りで電車に揺られることはあったが、こんなに鈍い移動ではなかった。もちろん、引っ越して四年にもなって、電車移動はこれが初めてではなかったものの、その遅さと長さ、なにより朝の薄暗い静けさが、恵示を暗い思考にいざなった。

R市に居を定めると決めたとき、恵示にさほどの落ち込みはなかった。都心に暮らす友達と疎遠になる、郊外に引っ込む。そのことに落ちぶれた、後退した印象を抱いてもおかしくはない。実際、他者にはそう思われたかもしれないが、恵示の中では合理的な判断だったし、そのときは子育てという「タスク」を最重要に考えていた。少なくとも数年から十年以上は子供ファーストで生きていく。そう考えたときの最適解で、どこまでも前向きなつもりだった。

各駅停車に乗り替えてからの案外長い時間と、横移動でスクロールする車窓の殺風景なムードが、おまえの後半生はこんなだよと否定してかかっているように、初めて感じられたのだ。実際、都心に暮らす経済力がないから、コンパスの両脚を広げるようにして選び直した居住地であることも事実だ。

昇給を見込んでＩＴコンサルへの転職を考えないでもないし、最近もそんなサイトをうっかりみたら、画面に出てくるバナーがそれをけしかけるものばかりになってもいるのだが、現在の暮らしに満足している自分だっているはずだ。自分が今、落ち込んでいることが恵示は意外でもある。美春にならって持ち歩いている文庫本を取り出してみた。職場の若者に「へえ」「すごいですね」などと感心された物品だ。彼らは紙の新聞ももちろんとってないだろう。自分と同世代でも、かもしれない。

「コースケと同じ」と恵示はひとりごち、文庫をめくる。これは逆張りの天邪鬼だ。

Ｒ市の駅を出たら雨だった。

引っ越す少し前から、恵示は傘をもたないようになっていた。

ままよ。恵示は雨の中、駅前の有料駐輪場の自転車を引っ張り出す。保育園の送迎で自転車が人生に復活してから、つばのついたゴアテックスのキャップと、登山用の雨具を丸めて袋にいれ、携行するようになっていた。三人の移動に子乗せではない自転車も買い求めて常用するようになり、そうすると傘と自転車は両立しにくくなった。

天気予報は前日にみていたが、今回は雨具を持ち歩くのを失念していた（終電前に帰るつもりだったのだ）。額を垂れ落ちるしずくを都度払い、目指すＲグランハイツは霧にけぶっている。一号棟のエレベーターで、出てきたおばさんと会釈を交わす。濡れている自分を、意表をつかれた目で見送られた。

「ただいまー」玄関で、語尾を伸ばす。二人ともまだ寝ているよう。

「朝だよー」すぐにバスタオルを使いながら、じょじょに声を大きくしてみる。

「遅刻だよー」の声で美春だけまず起き出してきた。窓をみて雨、とまずつぶやいた。

「濡れたでしょう？　着替えた方がいいよ」

「大丈夫。そうする」

寝室でぐずぐずするコースケに先んじて服を取り換え、冷蔵庫を開ける。ちくわとミニトマトという栄養しか考えてない（調理のいらない）おかずをパンに添えて出す。皿の端にマヨネーズを落とす。なんでもマヨネーズをつければうまいはずだ。

コースケは難しい顔で「このちくわ」とつぶやいたきり黙っている。機嫌が悪いのではないと恵示は気付く。ダジャレを考えているのだ。

布団がふっとんだ。枕に穴をあけたら真っ暗。このドーナツどーなってんの。トイレにいっといれ。このアジフライ味しない。ろうかを走ろうか。あめえ飴だ。

お喋りにおいて扱う語彙が日に日に増えていき、覚えたからには使わなければもったいないとばかり、コースケはたくさん喋るようになった。保育園で覚えてくることも多く、不意打ちの新語の使用や用法に驚かされる。ここのところのダジャレブームは、アニメ「おしりたんてい」に出てくるダジャレ好きの脇役に感化されたもののよう。

コースケは探偵も好きで、大人になったら探偵になりたいとも。二人は喜んだ。なんの職業をいっても親は好ましく思うに決まっているが、ほどほどに個性的な職業であることを勝手に評価した。

「このちくわ、このちくわ、ちくわ……」おなじみの眠気のせいか、ちくわではシャレが浮かばないようだ。

恵示もちくわのシャレを考えながらコーヒーをのみ、雨具のズボンに足を通す。雨具にはゴアテックスとは書いていないが、それに匹敵する独自開発の防水の新素材が使用されている、とネットの記事で読んだ。上着にも袖を通し、キャップをかぶって、さらにマスクをすると保釈されたときのカルロス・ゴーンになる。レインシューズのスエード部分にはそろそろ防水スプレーをあてた方がよさそうだが、今日はもう、あまり時間がない。

瞼に薬を塗ってもらいながら、コースケは「ミニオンズ」の雨具じゃなく、ユニコーンの傘がいいと訴えた。先んじて傘と長靴を出しておいてやり、玄関で腕時計を選んでもらった。

「今日の腕時計は？」

「今日はねえ。ええとね。赤いのにしたら？」赤い、小さめのGショック。ケースから出すと液晶の表示が薄い。もうすぐ電池切れか？

ということは。しばらく使っていない他の腕時計も、のきなみ電池切れになっているのではないか。たしかめる時間はない。腕時計はつけないことに決め、そのまま新素材の雨具の音をサリサリとたてて、傘を持ったコースケと一号棟を出る。十歩かそこらで屋根のある三号棟の駐輪場だ。保育園でも駐輪場からひさしのある園舎まで二十歩もないが、傘を使わせてやる。自転車の雨よけカバーのチャックをしめ、いつもは風通しのために開けているビニール窓のチャックもしっかり閉じる。コースケを梱包、と思う。

「しゅっ」に対して続く声が最近はないことが多いので

「ぱーつ」も自分でいってペダルを踏み、雨の中に漕ぎ出た。

「しんこーう」をお義理でか、コースケは付け加えてくれた。明日の資源ごみに先立って、ペットボトルや缶ごみを分別するケースを配置するために歩く作業着のおじさんたちとすれ違う。折りたたまれた色付きのケースを両手に持ち歩く彼らも傘なんかさしていない。会うたび会釈をするが、通じているかは分からない。

雨脚は駅からの帰路よりも強くなっていた。幹線道路の二車線を行く自動車は――通勤時間帯の遠慮のない速度の――走行音に、タイヤが路面の水をはじく高い音を混じらせて、背後でコースケがなにか言うのを聴きとれなくしている。

「え？　え？　ごめん今、聞こえない」と前を向きながらいった言葉もコースケに聞こえたか分からない。

「ちくわ、くわない！」青信号になって、思いついたダジャレを言っているのだと分かる。

「いいね。『ち』を捨てたのが、むしろよかった」真面目に論評をしてやるが、それは聞こえただろうか。本来ダジャレってものは、苦しい方が面白いんだ。母音だけあってて、全然違うくらいがダジャレってものだ。

雨音も大きいが、大きな道を渡れば、あとはスピードを出しすぎなければ大丈夫。油断してはいけないけども。両ハンドルには美春が買ってきて取り付けてくれた、防寒を兼ねたカバーがしてあるし、防水キャップのつばが視界を守ってくれる。スポーツをしないので人生でかぶることのなかった野球帽型の、傘よりはるかに小さい面積のつばを頼りにして進む。

この、つばだけあれば、人は雨道を進める。恵示には新鮮な発見だった。

ゴアテックスというドスの利いた呼び名のその素材にも信を置いた。それをまとって雨中を前傾姿勢で移動するとき、人生そのものをサバイブしているという大げさな感覚を抱いた。我々の人生には常に雨が降りかかっている。人の心身を射貫き、いとも簡単に不幸へと染め上げてしまう、残酷な刃のようなものが無数に降り注ぐ。それをミニマムに絞りぬかれた、叡知そのものをまとって跳ね返し、突っ切るようにして我々は生き抜いているのだ。

保育園の駐輪場で、我が子をすっぽりと覆った雨よけカバーのチャックを下から上へ「開梱」という感じで開けてやると、直前までのおおげさで悲壮な空想とはまるで相容れぬとぼけた表情のコースケが出てきた。

「お尻をくっつけて、お知り合いー」と自分のシャレにウケて笑いながら降りたつ。ユニコーンの傘を誇らしげに開いて先に走っていってしまう。

「頭をくっつけてあったまるー」即興で背中に投げかけるが、なんだか負けたと思う。

　Rグランハイツに戻ると、玄関で美春がハンガーとタオルを差し向けてくれた。受け取り、上下の雨具をその場で脱ぎ、玄関のフックにつるす。雨具も帽子も優秀で、自身をタオルで拭く必要はほぼない。

「お疲れ様。コーちゃんはどうだった?」

「『お尻をくっつけてお知り合い』だってさ」

「なんで子供って必ずお尻が好きになるんだろうねえ」美春は笑う。

　靴箱の上に出しっぱなしになったGショックを改めてみると、液晶の表示はかろうじてというかそけきものだった。ケースの中の時計を順に取り出してみると、赤いGショック以外にも二つ、電池が切れているのが分かった。

　二つとも、異なる時刻を指して止まっている。それぞれが、その時間に電池が切れたことを示していて、その「示し」はまったく意味を持たないのに、恵示は意味深なものとして受け止めた。兄の影響でみたアニメ『北斗の拳』のトキが、故障した核シェルターの扉を外側からおさえたままの姿勢で気絶していた場面が浮かび、すぐに、そんな例えはさすがにおかしいと打ち消す。

　携帯電話――その後半にガラケーと呼ばれるようになった――の時代に、若者の腕時計離れがささやかれたことの反動か、むきになって自分なりのおしゃれを標榜して、腕時計をたくさん買って使い分けた。

スマートウォッチを買ってから（朝、コースケに指示されるときは別にして）そればかりしている。スマートウォッチは電池がすぐ切れるのが難点といわれるし、実際にすぐ切れるのだが、あまり気にならないのは残量がみえるからだ。もうすぐ切れますよというアラートを画面内で示してもくれる。

心拍数が分かるとか、ＳＮＳやメールを受信できるといったことよりも、そのこと一点が「スマート」に思える。

そしてこれまでの歴代の腕時計が、ある日見たら突然止まっているということについて、著しく寂しいなにかを感じ取る。『北斗の拳』のトキのようなドラマはないにせよ、壁にくっついたまま死んでいた甲虫をみるよう。辛い顔一つ見せず、なにも言わずに一人でひっそりこと切れて、みずくさいじゃないか。

「時計の電池が切れてて」とぼやくと美春はシンクの引き出しからジップロックを持ってきてくれた。

ジップロックの袋は昔から知ってはいるが、もっと用途がかぎられていた。恵示にとってはゴアテックスと同じ「最近の側」のものだ。

「ありがとう」三つの腕時計をジップロックに入れる。こうしてから鞄にいれれば、時計屋に持っていくまで散逸することはないだろう。これからもほとんど使うことのない気がする、たくさんの時計の電池を順に交換していくことの不毛を思いながら、今はまだそれをやめてしまおうとも思わない。袋のジッパーをとじ、持ち上げてみるといよいよそれらは甲虫の骸のようだった。

9・六月@日　美春

神奈川県警のベストを着た、警棒を携えた男が三号棟の周辺を歩いている。

またか、と美春は思う。

またか、というのは明らかに変な把握なのだが、普通なら深刻に感じ取るべき自分の心がなんだか摩耗しているようだ。

平日の午前に造園業者の男の案内で、管理組合の数人で中庭を歩いていた。

「問題になっている桜はあちらのほうです」倒木の懸念がある木についての説明会で、ブログや理事会だよりのネタにしようと同行を願い出た。理事会の広報書記の仕事は、議事録作成（九割は委託会社の担当が作成してくれる）の補佐のほかには、Rグランハイツブログの更新があった。いまどきブログ？　と感じたが、インスタグラムにしましょうよなどと提言したりはしていない。マンション住人にイベント開催などを呼びかける体だが、実は外向きに、マンションの資産価値を高めるための施策だと聞いている。

　マンション購入を考える人は必ずネットで検索をかける。ブログをみて、このマンションはしっかりしているようだな、安心だな、暮らしやすそうだなと思ってもらうためのものだ、と。元々は管理会社の入れ知恵らしい。

　実際、美春と恵示の二人はここに暮らす前に検索をかけて、Rグランハイツのブログをみていた。他のもっと規模の大きなマンションは、ブログどころか独自のドメインもとってしっかりした案内のサイトを持っていた。購入に際しての決定的な決め手になったわけではないが、それらも判断の一助にしたわけだ。ならば、おざなりには出来ない。

　中庭の公園にある桜は、倒木を懸念されるよりも前からすでに添え木がしてあって、それでも今年の春にも見事な花を咲かせてみせた。包帯のようななにかが幹の曲がったところに巻いてあって、力士――特に横綱照ノ富士――の両膝のテーピングを思わせる。満身創痍、という風だった。

　その桜の幹の空洞化について造園業者の男が説明している最中にも、庭の脇を神奈川県警のベストの男たちが走り抜け、一定の間隔を置いて広がりつつある。三号棟を取り囲んでいる、ということだ。

造園業者の屋号のプリントされたジャンパーの男には、それが視界に入っていないのだろうか。歩きながらの説明によどみがない。あとに続く理事長が、なるほどとか、台風がきたら分からないですもんね、と相槌をうっている。三号棟を過ぎたあたりの、古い滑り台などの遊具がある小さな公園内に老いた桜はあった。

今から伐採されるかもしれないとは思えぬ、見事な木だ。照ノ富士が浮かぶのは、テーピングが痛々しいからだけでない、威風堂々たる古木の風格が、先の五月場所でみごとに復帰した姿と重なるからだ。

そのようにしみじみするものの、今は気が散る。

「樹齢、どれくらいですかね」

「ねえ、三十年以上は前のはずです」

「木って思いのほか、育つの速いんですけどね」

「私が越したときからありましたから、ええと……」皆は口々に桜についてのみ言い交している。

「あのー……あれ、警察ですよね」控えめに指をさし、小声で話題に出してみると、さすがに無視されなかった。むしろ、自分も気になってましたよという親近感を滲ませながら

細居さんが

「なんなんでしょうね、一体」と首を傾げた。

「捕り物ですかね」ほっとして美春が続けると、皆も一様に首を傾げながら「怖いですね」「なんでしょう」「気になりますね」「そうですね」と怯えを示した。

それからジャンパーの男の案内で、一号棟の中庭側の小道を行き、階段を下りて（どこまでも坂の町で、敷地内の移動にも高低はある）駐車場を進み、公道そばの、もう一本の伐採候補であるけやきの木に向かう。皆の話題は木の伐採や、その先に予定されている大規模な外構整備に戻っている。気になりますね、という言に一度は賛同してもらったものだから、美春は「そんなことより警察のあれ、なんなんでしょう」と蒸し返すことができずにいた。

ガイドの説明を聞く観光客みたいに、けやきを背後にして、ジャンパーの男を中心に、一群は半円を描いた。美春は半円の周縁にいて、しばらくは説明を聞いていたが、そっと抜け出して簡易裁判所の道まで出てみた。あのときのようにパトカーが三台ほど停車していて、今度は道行く人も「なんだなんだ」という表情でみやっているし、立ち止まってスマートフォンをかざしている者も見受けられた。

三号棟の中庭側だけでない、こっちの道路側にも警官は点在していた。凶悪犯が立てこもったか。いや、それほど深刻なら、のんきに木の説明を聞いている一団に、警察はまっさきに避難を促すだろう。それが今は、近くで見ている美春やスマートフォンをかざす者たちに「あっちへいきなさい」と声をあげることさえない。

なにもないのだから、この場合、理事長たちのとっている態度の方が自然。自分の行動は浮足立った、軽薄な、野次馬根性のそれにすぎない。

コミュニティの中にいる者のとるべき態度として理事長たちが正解なのだろうが、どこか釈然としないまま、いったん半円に戻った。理事会だよりやブログに載せるための写真を撮る必要もある。

伐採候補とは別のけやきの木の、高いところにきのこが生えているのを男は指さしていた。さるのこしかけのようなきのこだ。

「あのきのこが生えてる木は、危険信号です」男の説明に、へえ、と皆と一緒に感心し、美春はスマートフォンのカメラを指でズームさせた。

しかし、木を伐採するというのは「寂しい話題」だ。寂しいから明るい話題を掲示してくれ、と言われて管理室の宮間さんがつくったのは花のグラビアだった。

これまで、美春が手がけてきたRグランハイツブログの記事はコーラス部のコンサートの報告、おもち配り（まだコロナに鑑みて、餅「つき」にできなかった）会、児童館の子供の日のイベントなどに立ち会った報告で「盛況でした」と結べばいいものだった。

古い木も、保護が決まりましたというほうが、情に満ちた「いい」話になる。

しかし、倒木の危険にもきちんと目を光らせてますよ、というアピールも、一定の意味はある。資産価値を高めるという目的にかなうのはそっちのほうじゃないか。どっちが「いい」か。

分かん。声が出そうになる。

分からないのを縮めて「分かん」とぶっきらぼうにいうのはコースケだけでない、園児たちの今の流行りだ。匙を投げる気分になって、スマートウォッチをみる。「12：30からバイト」とアラートが表示されていた。「やっぱり午後から入ってもらえます？」店長からのメッセージに応じたのは昨日のこと。

もう記事のための写真は撮った。あらかじめ細居さんにはバイトのことを伝えてあったので、手刀をかざして目礼し、そっと座を抜ける。

もう一度、一号棟の表に回ってみると、パトカーはすべていなくなっていた。一号棟の入り口まで歩き、三号棟のほうをうかがうも、警官たちの一人もいない。白昼夢のようだ。今回もサイレン一つ聞くことはなかった。無音で現れて、なにかに対処して、無音で去っていく。

我々も、無音ではないが、樹齢のことやきのこのことなんかを言い交しながら「なにごとか」のそばを皆でそっと通り過ぎた。

自分がやさぐれた気分になっている理由が、美春にはなんだか分からない。「資産価値を高める」ためのブログを書くのが、今はばかばかしい。

上方で布団を叩く音が響く。見上げるとうろこ雲が綺麗だ。まあ、いいか。美春は考え直す。少なくとも今度は、ＡＥＤのメロディは響かなかった。

10・六月$日　恵示

「朝ですよー」今日は美春がカーテンを開ける。梅雨らしい空模様。そのまま登園用の荷づくりを始めた。

ふてくされたような顔で起きてきたコースケは髪の寝ぐせも堂に入ったものだ。恵示は台所に立ち、卵とウインナーを取り出す。スキレットにサラダ油を垂らしたところで、冷蔵庫の茹でたブロッコリを思い出し、それも取り出した。

「卵焼き食べる？」テーブルをみずに尋ねる。今日も子供らしい天邪鬼の発動に賭けた。

「目玉焼き食べる」コースケの声が返ってくる。

よしよし。卵をシンクの端に当てて割り入れる。同時にウインナーとブロッコリを脇で炒め、フライ返しで皿に移し、持っていくと、椅子に座ったコースケは体温計を脇に挟み、脇に力をこめて体全体をかたくしていた。この体温計挟みの瞬間も五歳児の、なんというか「みどころ」だ。

大人は、そんなに懸命に体温計を挟まない。いつしか加減が分かって、ほどほどの力でじっと待つことができるようになる。

恵示が子供のころの登園で、毎朝体温を記入するルールはなかったと思う。熱っぽさを疑われるときだけ、救急箱から取り出された体温計は液晶表示部分の幅が一センチほどの、バックライトもついていないもので、計測には数分かかっていた。もっと古い、水銀の棒のものも救急箱にはあって、それはもう恵示には前世紀のアンティークというか、厳かなものにさえみえた。脇にさすときひやっこいので苦手にもしていた。

体温を測るときの子供時分の自身の顔を鏡でみたことはないが、きっとコースケと同じ真剣さだったろうと想像する。しっかり挟め、動いてはいけない。大人たちの指示は普段の注意よりも強い戒めのように響いた。

数分後に体温計の目盛りに示されるのは、たしかに自分がもたらした数値なのだが、そんな気がしなかった。手渡すと、大人たちは目の前の自分のことではない、この世の事象をみるようにそれをかざし、数値をみつめた。それが平熱だと安堵し、高熱だと眉に皺を寄せる、その安堵や皺は、恵示にも理解できる範疇のことだ。

体温計を手渡し、受け取る（つまり、熱があるかどうか判明する前の）そのときだけ、二者とは無関係の「数値」を「皆」で取り扱っている。人間は変温動物ではない。だから出てほしくないときに高熱が出る、それは生活上困ることなのだが、生活とか無関係の、存在としての困惑がある。

まだ幼いコースケがそこまで複雑なことを思っているわけはない。ないが、そういう思弁にも連なっている、ある種の不可解さを表情にたたえることはたしかだ。コースケの体温測定を恵示はずっと見飽きず、いつも盗み見ている。

今、体温計の測定時間はわずか十秒になった。コロナで広まった、額にトリガーをひいて計測するやつなんかは、一瞬だ。

言わないが——誰が傷つくわけでもないから、言わないように配慮するのもおかしいとは思うが——時間が短い体温計ほど、恵示にはバカにみえる。普通なら、すぐに判断できるやつほど聡明にみえてもよさそうなところ、逆なのが（自分の想像なのだが）おかしい。

内部ではプログラムで「推量」しているのだろうが、ファミリーレストランの入店時など、あのガンをかざされる度「だいたいあってる、はい平熱。はい次、はい次」とテキトーに言ってる銃型のロボットを擬人化して思い浮かべている。つまりバカだ。冷たい水銀の棒のは、さしずめ長船の銘刀みたいな一目置かれる（銘刀も物だが）長老格のキャラクターだろう。

　電子音とともに懐から出した体温計をコースケは――ガン型ほどではないがおまえもかなりバカ側のやつだという恵示の見立てに同調するかのように――雑な手つきでテーブルに置いた。

「三十六度、平熱」音読を聞いた美春が保育園に出す連絡帳に数値を書き込む。台所に戻って、自分の分の目玉焼きとウインナーを炒める。美春がササミとブロッコリを大量に茹で、それぞれタッパーに入れて保存してくれたのが重宝している。

　朝、パンとウインナーと卵だけだと端的に野菜が足りない。なるべくミニトマトを添えるようにしていたが、ごろんと皿に放るだけの丸いトマトは「料理を出した」感じにとぼしい。

　その点すでに茹でられて青みを増したブロッコリには一応の「料理感」がある。皿の脇にトマトと一緒に添えてマヨネーズでもすっと一筆いれると、野菜を供したことになる。

　アリバイだ。育ち盛りの子に野菜も与えてますよ、という。コースケは不平そうな顔でブロッコリをつついたが、そうでない（つまり、野菜を食べたくないのに、というのではない）高次の抗議（実の息子に対し、アリバイでない、心を尽くした料理を供せ）をしてもいいのですよ、と恵示は思っている。

「橋本さんち、引っ越すんだって」スマートフォンから顔をあげて、美春がシリアスな声をあげた。

「あ、え、そうなんだ」恵示は咄嗟に知らなかったふりをした。ミユちゃんの苗字が橋本だ。いつかの登園のときに直接聞いたことを言わずにいた。引っ越す理由を話すと、二人して暗くなる気がしたから。購入時、R市の殺人事件のことを美春が気にしなかったわけではないのだ。

　小田原といえば提灯とか清水といえば次郎長とかリオといえばカーニバルとか、そういった反射的な把握でR市といえば、殺人事件が一番に来てしまうことはたしかだった。

　恵示は、美春が気にするなら購入はやめようと思っていた。気になるのは仕方ない。

　美春は「まあいいか」と言っていた。恵示も「まあいい」の認識で、気にしないという決断をした。

「まあ」いいのだ。すごくいいとか、文句なくいいのではない。「まあ」の脆弱な地盤の上に我々は暮らしている。美春の横顔は、せっかくできた気の合う友人が遠ざかることの残念さをたたえ続けている。ミユちゃん一家とはお互いの家にも遊びに行くくらい仲良くなっていたから、疎遠になるのは惜しい。

「このミロ、おいしくない」今度はコースケがシリアスな声をあげた。

「そんなわけあるか？」量が足りなかったか。コースケのカップを覗き込むが、彼自身がどれくらいの粉を入れたのか判然としない。

「そんなわけあるか？」

「おとうさん、二回いった」

ミロがおいしくない、という発言は、にわかに信じがたい不思議な言葉で、恵示は軽くうろたえさえした。果物や野菜のように鮮度があるとか、目玉焼きなら焦げたとか塩をふりすぎたなど、いろいろ思いつくが、一度飲んでおいしかったミロがあるときおいしくなくなる要因が、ぱっと思いつかない。

「ちょっと、これ、ミロじゃないよ、大人のミロだよ」美春が横から声をあげる。

「なんのミロって？」

「『大人のミロ』」美春は自立するパウチ式のパッケージを掲げてみせ、恵示は首を前に動かしてそれを凝視した。ミロならではの緑色のパッケージだが、よくみれば「MILO オトナの甘さ」と書かれている。

「ほんとだ」それほど驚くようなことでもないと自覚しつつ、おおげさに声をあげ、手に取って眺めた。歴史のある嗜好品における、今の時代らしい「売り方」というわけか。こないだスーパーで、間違えて買ってしまったんだ。

「もう少しパッケージを変えてくれないと、間違えちゃうよ」砂糖壺をとってきて、カップに少しだけ砂糖を足してやると、コースケは虚心に匙を回し始めた。

「似てるけど、ほら、少年がいない」美春の指摘通り、緑色のパッケージにはサッカーボールを蹴るアメリカンなムードの少年の写真がなかった。

代わりに、中年サラリーマン風の男が、外回りの休憩中に見物していた草サッカーにひょんなことからスーパーサブで混じることになって、スーツのままだけども、こうなればもうおじさん頑張っちゃうぞ、とばかりネクタイをゆるめ、革靴でボールを溌剌と蹴る、みたいなペーター佐藤タッチの写真が配されて、はいない。

まあ、そうかな。商品企画会議で、どういうパッケージにするか相談しあうことになったら、ひとまずそういうイラストや写真を入れる案も出たかもしれない。

そして「まあ、いいかな、なくて」「パロディみたいになっちゃいますもんね」「いれるとうるさい」などとすぐに一蹴される。勝手に脳内で否決されるまでを想像して、自分のマグカップにも大人のミロを一匙落とす。コースケは砂糖でブーストがかかったか、一気に飲み干して着替えにいった。

「しゅっ」

「ぱーっ」久々の相の手とともに自転車は駐輪場を出る。雨がふりそうな曇天。広い横断歩道を渡る途中で、赤信号に停まる中に、光るナンバープレートの一台をみかけた。

「あ、ほらコーくん。あれが『光るナンバープレート』だよ！」言ってて、なんだか大仰だと少し恥ずかしくなる。「光る」ものを教えるのが、翼よあれがパリの灯だ、みたいなかっこいい響きにたまたまなった。そんな大したものじゃない。

「どれ？」

「ほら、あっちの車線の白い車の」

少し前「知り終えている」と思った。大人はもう、いろいろ知っても驚き終えていて、なるほどね、くらいにしか心が働かない。そうすると自分だけでない、世の親という親は、子が大きく驚けるうちになるべくいろいろをみせてあげたい、という気持ちになるだろう。恵示は光るナンバープレートを息子にみせてあげたい。昭和の時代からある、数字部分が緑に灯るナンバー。

文字盤の光る腕時計、歩くとソールの側面に仕込まれたＬＥＤの光る靴、クリスマスになると住宅街のあちこちの庭や塀を彩る電飾（駐輪場の虹もその範疇かもしれない）、子供は光るものが大好きだし、昭和平成と比べても、令和はあらゆるものが光る時代だ。

　しかし、数字部分の光るナンバープレートはなかなか出会わないものだし、光っているところをみせるのは夜でなければいけないし、横断歩道はすぐに渡り終えなければならない。それに、まだみてないものに対し好奇心を発揮するのは難しいようで、コースケの反応も薄い。

　だいたい、あれはなんなんだろう。黄色いプレートは軽自動車。反転は商用車。じゃあ、数字が光るのはなんなんだ？　ずっと、知らないしこれまでどんな大人も「それはね」と教えてくれないまま来てしまった。聞いたら中年の自分も子供のように驚けるだろうか。

「分かん」コースケたち園児の真似をして発声してみた。コースケはなんの反応もみせない。

　送り届けて帰宅すると美春は出勤の準備で鏡に向かっていた。

「おかえり。コーちゃん、どんなだった？」最近は入り口で駄々をこねて泣いたりはしなくなったが、そうだった時期を経ている（手を焼いた記憶が鮮明な）ので、どんなだった？　が添えられるのは習慣のようなものだ。

「白目むいてたよ」

「最近、コースケ白目づいてるよね」

「典型的な子供だね」お尻やうんこといったワードで喜び、白目をむいてみせる。自分の五歳時はもっと理知的で、自分でいうのもなんだが「おしとやか」だった気がするから、恵示には息子が発揮する典型的な「子供らしさ」は不思議でならない。

「今日は？」

「今日も家でやるかな」

「分かった。今日は昼休みに戻ってくるから一緒にズバーン食べよう」

「食べる食べる」ふざけた名称のインスタントラーメンだが、二人とも割と気に入っている。なじみの銘柄のが値上げづいている中、特売だったのを買ってみたら当たりだった。命名からして短命に終わる気が（勝手に）して、余計にひいきしている。

「橋本さんちだけどさ。R市の殺人のこともあって、前から物件あちこち探してたんだって」

「そうか」もう、理由も知ったか。脆弱な地盤のゆらゆらが揺らされて、暗く落ち込んでしまってないか、鏡の中の美春の顔を朝と同様にうかがうが、バイトに向かう前でむしろ表情は引き締まっている。

　震災以後の日本が嫌になって、子供を連れてのフィンランドへの移住を真剣に検討している知人の話を聞いた。夫と険悪になりながらも離婚覚悟で語学を学び、海外の物件サイトを巡っているという。コロナと円安で頓挫しかけてはいるが今も諦めていないし、周囲の誰も反対できずにいる。

我々は、どこにでも住める。

リモートで働き、どこにでもあるモールやネットの通販で同じ既成の品（ミロだのズバーンだの）を買ってきて、均一に暮らせる。海外の物件さえ検索で探せるし、交渉だって可能だ。

どこに住んでも「いい」し、「ここにだけは住みたくない」も、どこまでも思える。でも、無限大のその自由が我々を軽やかにしているわけでは全然ない。

「では、いってきまーす」

「頑張ってー」

バイトに向かう妻を見送り、テーブルに置かれた「大人のミロ」のパッケージを眺める。ただ緑色なだけだと、少年が大人になった空想をしたが、その中年がどこかへ行ってしまい、いなくなったように錯覚された。がらんとした部屋で思った。ＣＧアニメで、子供が寝ている間に動き出したおもちゃの兵隊みたいに、サッカー中年が大人にみつからないよう、椅子の脚の裏からソファの下へと潜り込んでいる。さっき考えた自由のことと、彼のことが関係していると、つい思った。

「どこにいったんだ」恵示はつぶやき、床をひととおり見渡しさえした。

11・六月&日　美春

中庭を通ってコースケと二人、四号棟に向かう。

途中の公園脇で桜が切られていることに気付く。

切り株の周りに工事現場の赤いコーンが三個、それをバーでつないで侵入を妨げている。もう、倒木の危険はないのになにを遠ざけているのかよく分からない。

わしらの思い出の桜をなぜとむせび泣く老人の必死の抗議……などは特になかったようで、けやきの木とともに伐採は粛々と、気付けば履行されていたようだ。担当するブログにも、検討することだけを書き記し、伐採という決定事項は記載しないことにした。

本当は、美春は思う。自分も少し残念だった。住んで数回しか咲くところはみなかったのだし、残念がりについても新参だ。わしらの思い出の桜をなぜとむせび泣くには「年季」がまるで足りない。切り株の無情なまでの水平な断面を横目に通り過ぎる。来月には開催予定のプールには、修繕工事のための資材が運び込まれているらしい、ビニールシートがこんもりと膨らんでいるのがみえる。奇麗になった姿をみるのが待ち遠しい。コースケよ、もうすぐだ、もうすぐロスアンゼルスだよ。

初めて入る四号棟は一号棟にとてもよく似ているが、外スペースがない。三角形の階段の脇にあるのは大きめの窓で、アルミの面格子がついている。

一号棟もこうだったら。思いかけて、続きを考えるのをやめる。

「あれ」コースケは、エレベーターを出てすぐ右にあるはずのスペースの不在を不思議がって、階段をあがって上階の様子も確認しにいった。他、壁の塗装も床の素材も階段の形も、ほかはコピーしたみたいにそっくりだから、間違い探しみたいに思えるだろう。

「あれがないぞ？」といぶかしむ声音は彼が考えるなりの探偵ぽさだろう。

「なんでここは、あれがないの」

「こっちは割と近くに大きな道路があって、出っ張らせられなかったんじゃないかな」

「向こうもないか、みてくる！」コースケはすぐさま廊下の奥に走り出した。

「あ、待ちなさい」いいながら、美春は追いかけない。少し前から諦め気味だ。

本気で走ったら追いつけるだろうが、最近はコースケが走り出しても――向こうにいかにも車が飛び出てきそうな十字路がない限りは――追わないことが多くなった。

少し前、初めて行った街の公園で、勝手にさせていたら公園の端まで走り、さらに道の向こうの草地に向かおうとして、体が不意にみえなくなった。穴に落ちたみたいに消えた。古い街で、道の端に側溝があったのだ。

　もちろん大泣きだった。たいした怪我は幸いしなかったし、美春も恵示も反省したものの、そんな手痛い経験から以後、少しは用心深くなるということが、コースケには望めない。あのときと同じ勢いで駆け出す。また、あんなふうに痛くなるのが怖くないのだろうか。なぜ、この次の全力疾走は痛い目にあわないって信じ切れるのだろうか。不思議でならない。

　そして、なぜ私も、全力で追いかけないんだ。不意に息子が視界からいなくなって、青ざめたばかりだというのに。

「おかあさーん！」奥で呼んでいる。向こうもスペースはないだろう。四号棟を外からみて、美春はもう知っている。古崎さんの家は真ん中手前の４１０号室だ。行く必要はない。

「古崎さんちはここだよ、おいで」

「おかあさーん、きてー！」一番奥で、指をまっすぐ横に指している。

「でも、ケーキを冷蔵庫に入れてもらわないと」

「いいから、きてー！」

「なーに」もう。のろのろと奥にいくと、コースケが指さしていたのはどんづまりの窓ではなく、手前の扉だった。４０１号室の扉だけ、他と異なった古いものだ。

茶色のペンキで塗られた鉄の扉。一昔前の団地でみられたものだ。ドアノブは丸く、鍵穴も古い。Ｒグランハイツの、かつての姿だと気付く。

察するに４０１の人は、少し前の大規模改修工事に応じなかった。台所部分（改築して台所ではないかもしれないが）の、すりガラスの窓には古新聞が貼られている。

なにか面倒そうな家だ。

「これ、ここにもあるね。うちと少し違う」扉脇の凹みをコースケは差す。うちにもある四角い凹みの手前に幅五センチほどの木の板が渡っている。凹みに置いたなにかが万一、こっちに倒れてきても抑えになる、という風な、手作りの工夫に思える。つまりなにかに使われていた。

「なんだろうねえ」

子に二度も聞かれた今が契機か。スマートフォンのカメラを起動し、添え木つきの凹みをそっと撮影して恵示に送った。［これ、なんだっけね］と添えて。

「さ、いこう」

「うん」うながされて歩き出したが、コースケは名残惜しそうにその凹みをみつめていた。こぢんまりとしたサイズで目の位置に近いから、自分ら子供に関係あるものではないかと踏んでいるのだろう。

「いらっしゃーい」古崎さんが出迎えてくれて、小学校五年生の聖人君が人懐こい笑顔で「向こうでゲームやろうよ」とすぐにコースケを「担当します」という風に室内に引き入れてくれた。

「わあ、すごい綺麗」ケーキの箱を渡し、美春はリビングで目を泳がせた。

　同じマンションの異なる室に入るのは、ただ誰かのどこかの家に入るのと異なった「体験性」がある。これまでにも、マンション内で行われたリフォームの見学に出向いたことが数度。見比べてみると外のスペースの有無どころの違いではない、間取りをどのように使い分けているかという工夫の違いをみるのも楽しいし、特に分譲マンションはリフォームの度合いがばらばらだ。同じなのは輪郭だけで壁がぶち抜かれていたり、扉の開く方向が逆だったり、風呂トイレの場所さえ違ったりもする。

　古崎さんのリビングの、壁紙はかすかに青みがかった明るい色で、白い鉢植えのゴムの木の大きな葉がつやめいて、床もワックスで磨き上げたばかりのよう。天井の、真鍮の台座にのった六つのシャンデリア電球を板ガラスが取り囲んだ照明はアンティークだろうか。

「この葉っぱ、ぴかぴかー」コースケに、褒めで先んじられた。

「ゴムの葉、いちいちふくの大変やねん」古崎さんは笑った。シックな照明を指さして素敵ですねと褒めると

「ガラスふくの大変やねん」と繰り返し、二人で笑う。職場でもすでに仲良くなっており、やり取りは気安いが、古崎さんは仕事場よりもリラックスしているように見受けられた。子供部屋ではコースケがお兄さんに早くもなついていっているようだ。

「ケーキでなく、お酒だったかな」

「両方、あきらめんとこ」いぐさのラグを敷いた奥の部屋で、座卓に小瓶のビールを置いて、二人であぐらをかいて飲む。

あ、ここはやっぱり窓を開け放って風を通さないと暑いですよね。そうやねん、夏は地獄やで。この部屋の窓はエアコンの室外機おけないしな。窓用って手もあるねんけどな。落とさないで設置できるか自信なくて諦めてん。「同じ」間取りであることで会話が弾むのが楽しい。

古崎さんが夫と別居して、五年生の聖人君を今は一人で育てていることは職場での会話で知っていた。二人暮らしだったら、十分な広さだ。シングルマザーの大変さを思うべきところ、古崎さんの受け答えのせいもあって、つい軽く受け止めてしまう。

休日に二人とも休みのシフトを揃えて初めての試みだが、来てよかったと美春は思っ

た。同い年の園児同士で会うとはしゃぎすぎてしまうコースケも、今日はお兄さん相手で視線も見上げ気味で、おとなしく楽しんでいるようだ。

「あ、ソファにのって窓開けたらあかんよ」古崎さんは子供部屋に注意に立った。同じ間取りだから、注意の意味がすぐに分かる。西向きの窓は格子などがついていないから、壁際にソファがあるとして、そこに立ってロックを外して窓を開けて、ちょっと半身を出すだけでもう、まっさかさま。

危険が至近だ。とはいえ園児同士ではないし、さすがに大丈夫だろう。

「そういえばな。知ってる？」古崎さんは声を潜めた。先月か先々月くらいに夜、一号棟で飛び降りがあったらしいねんて。

美春は——わずかにだが——興奮した。

ライトスタッフという言葉を思い浮かべる。誰もが正しい役割をもって、人は生きている。

「あのね、それは……」今ここでは私こそが、古崎さんが主人公の物語における、きな臭い事件の概要を教える、噂好きの脇役だった！

自分の知っていることを話し終え、へえ、という顔の古崎さんに満足を覚えて、美春はトイレを借りて、戻る途中でシンクを見渡した。明らかに美春の家よりも新しい。フルフラットのコンロに声がもれる。

「美春さん、白ワインとってきてくれるー、チーズも皿にあんねん」

「はーい、じゃあ冷蔵庫あけちゃいますよー」

卓にワインと皿をのせ、あぐら座りに戻って、シンクへの羨望を語る。

「ここに住むときのリフォームで、やるかやらないか最後まで迷って、見送ったのがシンクなんです」美春にはまだ、未練があった。

古崎さんは古い作り付けの食器棚――これとシャンデリア風の照明は五十年近く前の住人のものをそのまま使っているらしい――からワイングラスを二つ取り出す。薄いグラス同士がぶつかっていい音を立てた。

「側だけ新しくしても、元が古いからな。食洗器でブレーカーすぐ落ちるねん」

「それは、うちもそうです」美春の家も九〇年代末にリフォームされているらしく、その当時の食洗器がついているが、トースターやコーヒーメーカーと併用するだけでブレーカーが落ちる。エアコンを二部屋につけようとしたら、工事業者に「つなぎますけど、うちが工事したって言わないでくださいね」と囁かれた。

「『よく』できることがあっても、ブレーカーはどうしても変えられないのな」

古崎さんはワイングラスの、一番径の大きなところよりも上のすぼまったあたりまでワインを注いで、かぷりとグラスをかじるように口をつけた。

「どうせ飲むねんから」美春のグラスにも多めに注ごうとするが、遠慮がちな表情をみてとって、少しだけ加減してくれた。

「ほんま、なにかを『よく』しても、根元のなにかはしつこい。それで、ずっと、物事って大きくは変わらないんよ」人生の真理を言い当てた、みたいに古崎さんは自分のセリフに目を丸くした。

遠くで重たげな飛行機の音。R市の近くには米軍基地もあるし自衛隊もあるしで、どちらの飛行機かは分からない。

「せやかて、まったく変わらずにいるのも、無理やねん」古崎さんはすぐに逆の言葉を言い出した。

「あんな、この四階の一番奥の家、少し前の大規模改修にも非協力的でな、扉とかもここが建ったときのままよ」

「あ、さっき、みました」

「みたん？　すごいやろ」

「すごいですね。もしかして中もできた当時のまま……」

「多分な。あんなふうに頑なに『変わらない』を選んでも、ダメやねん。そうすることで、むしろ変わるねん」

「変わる？」

「だって、周りが全部変わってしまったら、もうその時点で自然な暮らしじゃないやん」

「そうですね」

じゃあ、どうしたらいいんでしょうか。まっすぐみつめて、聞いてみたくなる。変えようとするとむしろ認識させられるブレーカーのように、強固に決まっていることが、この世界にはほかにも張り巡らされているように思う。いっせいに劇的に変化する周囲もだ。

遠くの街で少しずつ年老いていく自分の親のこととか、自分たちの不安定な収入のこと、コースケの将来のこと。世俗的で典型的な、誰もが不安を抱きやすいそういったことごとをまず想起したし、もっと漠然とした、このマンションに越してから感じる澱のことも思う。

夕方まで盛り上がって、お暇しようというころにドアのチャイムが鳴る。インターホン越しに男性の声。

「久しぶりやね」玄関を開けながら古崎さんは親し気に声をかけた。

「お客さん？」

「職場のバイトで、一号棟に住んでる美春さんとコースケくん」

「こんにちは」酔った頰で座ったままなのが恥ずかしいが、会釈をする。聖人くんが部屋から出てきておとうさーん、と小走りで近づいた。抱きかかえ、奥の部屋に入っていった。

「夫やねん」

「え」あれ、たしか別居してるんじゃなかったか。それから、たしか、かつて管理組合で突き上げをくらって参った逸話もあったが、そんな弱い印象もない。

「うちの夫な、五号棟に住んでるねん、それでも別居は別居やろ」アハハ。古崎さんは照れくさそうに笑う。

「そうですね」手品の種をみせてもらったときのような面白さを美春は感じていた。

別居の事情を聞く機会はいずれ訪れるだろう。改めてお礼を述べて辞去し、美春はエレベーターでない、古い鉄のドアの方に歩いた。

「どうしてこっちにいくの？」コースケは走らずについてきた。

「もう一度みたくて」怪しげに思った４０１号室の扉をまたみても、なにか新たに気付くことはない。着信音でスマートフォンの画面をみると恵示から返信が来ていた。

「牛乳受け」「昔は新聞みたいに、牛乳配達が瓶の牛乳を配達してて、各戸を巡ったんだと思うよ」と続いている。先の４０１号室の、木の板を思い出す。あれは多分、牛乳瓶がより倒れにくいようにしてあったのだ。

　いじましい。

　ときどき飛び降りたり、警察が取り囲んだり、植物を育てたり、盆踊りを踊ったりして、五百の世帯がここに身を寄せている。プール付きのモダンな、茶色い鉄のドアの物件にあるとき皆で住み始めて。

　ドアを皆で取り換えたり、個々にシンクをよくしたり、壁をぶち抜いたり。新聞を読んで、牛乳を飲む。凹みをみてもなにも分からなかったのに、美春はありありと心に浮かべることができた。昭和の早朝、この長い廊下を走り抜けた牛乳配達の少年、瓶がぶつかって棟内にかすかに響いた鈴のような音色を。その牛乳を飲んでバイトに行き、雨の日に自転車を漕ぐ。そのまま住み続ける人、出て行った人、死んだ人、新たに住み続ける人がごちゃまぜで「住む」を続ける。しばしば、不意打ちの「変えられなさ」に直面しながら。

　人けのない階段を降りると、エレベーターのない側にも裏口があり、いきなり中庭に出られた。行きは桜の切り株に気を取られたが、紫陽花など、枝道に点在する花をみて回ろう。藤棚の藤を今年は見逃してしまっていたな。せめて繁茂する葉をみてもいい。不意にコースケが服のすそをつまむ。

「みて、お母さん！」四号棟の裏口のひさしと柱の合間の壁に小さい虹の塊がある。駐輪場でたまにみるやつだ。ここではなにが反射しての虹か、美春には分からない。

「お父さんは、虹みたらラッキーだって」

「そうだね、ラッキーだね」反射的にそう答えたが、美春はあまりラッキーに感じなかった。ごく稀に朝みかける（美春はもっぱら保育園はお迎え担当なので、駐輪場の虹をほとんどみない）虹にはまだしも、夕方の虹には美しさとともに、どこか甘い寂しさを感じ取った。

でも、悪い気持ちもしない。そのまま二人、中庭の小道を歩いた。夕焼け空が遠くで赤く、森みたいな小道を歩くだけで気持ちがよかった。

古崎さんがシンクを換えたことよりも、夫とマンション内で別居していることが、目覚ましい「工夫」だ。そういえば、親の介護のためにRグランハイツの別室に住んでいる、それが手っ取り早いから、という実例を過去にも聞いたことがある。

自分と恵示と、もしかしたら、いつかコースケとそうしてもいい。別に今、恵示と険悪でもなんでもないのだが、澱のようななにかを出し抜く「手」を一つ知ったような、目覚ましい気分だ。もちろんお金がかかることは知っている。現実的にも無理そうなのに、なぜ今、それが自分にもできそうに思うのか、美春は説明ができない。できないが、構わないだろう？

「ふふん」美春は笑みを浮かべていた。

中庭の小道を歩きながら今度、線香を買おうと美春は思った。玄関の脇でなくていい。「その」人にでなくてもいい。だいたい、その人を知らない。この中庭のどこかであるとき、こっそりと焚いて、手をあわせよう。

12・七月☆日　恵示

「しゅっ」と口に出しながら恵示は自転車のペダルに足をのせる。

「ぱーっ」と続ける者は背後にいない。今さっき保育園に預けてきた。一人で言ってて、一人で癖になった。ペダルに足をのせたまま、しばし佇んだ。

コースケは「お尻のことを『お知り』なさい」とダジャレを披露したあと、自分のシャレに「なんつって、ウププププ」とウケて、おしまいのほうはゲラゲラ大声で笑いながら唐突に走り出した。走ると危ないよ、こないだもほら、まさかの側溝で泣いたろ、と声がけする間もなく、自ら興したその喧騒をまといながら先生の膝に突進し、そのまま園の中に吸い込まれていった。

もう、語彙が増えたとか、ダジャレの機知がとか、そんなことにしみじみしたり、ましてや微笑ましいものですな、などと余裕ぶる段階ではない。強大なエネルギーの持続的な発露はこちらも気合をいれて受け止めないと吹っ飛ばされかねない。この一、二ヵ月でもぐんと元気さが増してきている。

もしかして、あれだ。

托卵じゃないか。

ホオジロより先に生まれ、まだ生まれてないホオジロの卵を、自らの体を使って巣の外に落としてしまい、ホオジロのふりで餌をねだるカッコウの雛。気付かない親鳥はいつの間にか一匹に減った我が子に甲斐甲斐しく餌を運び続ける。そしていつしか親より大きい雛が巣の中で口を開けて、餌をあげるホオジロが飲み込まれそう……子供のころめくった動物の本で、そんな写真をみたことがある。

ちくわやミニトマトや食パンをせっせと食べさせ、ミロやらシッパーやらをビュービュー吸わせているうち、こと元気の点ではもうとっくにあの写真の鳥の親子になってるんじゃないか。

「ぱーっ」と自分で元気なくつぶやき、外に漕ぎ出そうとしたら、駐輪場に子乗せ自転車が新たにやってきた。パンダ組のミサキちゃんと、ミサキちゃんのパパの登園に遭遇する。

「おはようございまーす」

「あ、どうも、おはようミサキちゃん」はきはきと挨拶をしてみせる。

「コーくんのパパだ、コーくんのパパ、なにそれ変なカチューシャ！」

「これ？　これはカチューシャじゃないよ、ヘッドフォンだよ」首に巻いているようにみえるが、骨伝導のワイヤレスヘッドフォンだ。

「変な形ぃ！」

「変じゃないですぅ、こういうヘッドフォンもあるんですー」すでに何度か先方を訪問したり、うちにも遊びにきてもらっている仲で、ミサキちゃんには割とラフな返事ができる。

「ＤＪだ、ＤＪゴリラだーハハハハハ！」ミサキちゃんは片方の手を耳にあて、片方の手でスクラッチをしてみせながら自分の言動にウケてギャハハと笑いを爆発させ、突進するように走り出す。危ないよ、親二人で言いかけたがもう入り口のあたりまで小さくなっている。

　まったく、元気なもんですな。いやはや。元気すぎませんかな。ミサキパパをみると、同じような表情で薄く笑っている。

　どこも同じか。恵示は少し前の托卵の空想を早くも打ち消した。

トランプでババ抜きができることとババ抜きで負けると泣くこと。家で食べるよりもレストランを喜ぶこと。タブレットのYouTubeか、ネットフリックスでしんと静かになること。よその親と話してみると、子供の成長の速度はだいたい同じだ。一歳くらいのときは、つかまり立ちができる、うちはまだ遅くてとか、差を言い合っていた。最近でも、もう字を書けるとかまだ書けないとか、逆上がりができるできないとか、時計をまだ分からないとか自転車の補助輪をもう外したとか、甘い食べ物が苦手とか、子供ごとの差はもちろんある。

だが、おおむね同じ事象を、それぞれの地点でみはり続けているのは変わらない。

ミサキパパは都内で飲食店を経営している。コロナが過ぎたら食べに行きますと約束しているが、まだ果たせてない。夫婦ともにまだ二十五歳と聞いた。四十の自分からすると、もし職場で会ったら（あくまでも内心で）少し構えてしまう年齢差だが、この駐輪場では、どうもどうもとお互いがフランクだ。パンダ組には恵示よりも年長の五十歳のパパ友だっている。

そのパパは「この年でできた子なんで、もう、孫みたいなもんですよ」と自嘲気味に笑っていたが、たまに会うときのその親子のやり取りはというと、孫とお爺ちゃんのようではない。自分たちと同じ、鋳型にはまったような、まったき親と子だ。

皆が皆「その年齢の子の親」になる。子の年齢が揃うと、それだけで話題も悩みも、もしかしたら使命感も揃って、同志になる。仕事でチームを組む相手にはなかなか生じない、得難い気持ちだ。

「今度、またうちにも来てくださいね」

「ぜひぜひ、では」

声を掛けあって、今度こそ駐輪場を出る。

「しゅっ」と口に出し、骨伝導の、耳穴をふさがないヘッドフォンで音楽をかける。四年以上前に買ったのを忘れていて、最近発掘し、愛用している。

Here come old flat top He come
groovin'up slowly He got
joo joo eyeballs He one
holy roller He got
hair down to his knee

冒頭の「しゅっ」しか知らなかったくせに、今や自転車を漕ぐときのテーマ曲になった。ビートルズはカバーしている人が多い。『カム・トゥゲザー』の、どのアレンジでもよかった。ヒアリングは得意ではない。口ずさむまでは出来ないし、鼻歌になるが

I know you
you know me

と、ゆっくり歌うところだけは恵示にも聞き取れるので口ずさむ。

どのアレンジのどのカバーでも、曲調それ自体の持つ乾いた暗さと格好良さを感じ、自分も酔いどれのノエル・ギャラガーになった気で——実際には気を付けながら——角を曲がり、坂を下る。自転車の際にも耳穴をふさがないヘッドフォンは具合がいい。これを買ったころを懐かしく思い出す。

まだR市に来る以前のことだ。

このころコースケの寝かしつけが苦痛だった。

当時いろいろしゃべり始めたとはいえ、まだまだコミュニケーションをしっかりとることができない相手の、ただそばにいる。それだけのことのはずだが、間が持たない。早くて三十分。長くて九十分。立ち去ろうとすると泣かれる。泣きすぎるとひきつけを起こす

かもしれない。傍にいるといっても、黙ってただいればいいわけでもない。かまわれるし、かまうことを要求される。しかし、しりとりのような他愛ないやり取りさえ、持続しない。

絵本をサービスで読んでやり、寝たふりを本格的にしてみせることで、あとはもう寝るしかないのだな、そう思わせるしかない。疲れた夜はそのまま寝てしまうが——大抵の夜は疲れているが——疲れていても眠れるとは限らない。つい掛布団の下でスマートフォンを光らせたりすると、目ざとくにじりよってきて、漏れる光のおおもとの面白そうななにかを覗き込もうとしてくる（別に面白くないから、ただの炎上だって！）。

いい親じゃないなと当時も思った。思ったが、でもいいんだ、と自らなにかの荷を下ろし、手ぶらになろうとしていた。寝かしつけの暗闇で、早くそれを終えたかった。あるいは寝かしつけながらも「自分の時間」を持ちたい。なんなら仕事をしたい。そのことばかり考えるようになった。

子育て中のそのころだけなんだから、少しくらい我慢しろとか、片手間の育児がどれだけ危険かなどなど、かつて苦労してきた上の世代には怒られそうだが、うるせえ、という気分だった。

「もう寝ないと」と暗闇で語り掛けると

「うん」と素直な返事は返ってくる。しばらくもぞもぞ動いていて二十分、三十分。さすがに静かになったかなと、そっと腰を持ち上げると、気取られて引き留められる。眠りかけていたのが布の擦れる音のせいで起きたのか、ずっと暗闇で眼を見開いていたのかは分からないが、引き留めるコースケの指には力が十分に宿っていた。悪い親でもあるが、その小さな指の懸命さに、ほだされないわけでもない。そんなときは優しく話しかける。

「でも、もう寝なさい」

「眠れないもん」

「寝ないとだめだよ」

「うん」でも寝ない。あるとき

「寝ないとどうなるの？」と逆に問われた。

「寝ないと朝がこないよ」

　反射的にそう答えるとコースケは黙った。暗闇がしんと静まった。二歳児なりに咀嚼しているのだろうか。

　コースケが寝ないと「朝」が来ない。

　この世界に、誰か一人でも寝ない人がいると、困ったことに明日がこないんです。皆で飛ぶ大縄跳びのように、僕たちはいっせいに寝ることで夜を飛び越える。夜は長い長い縄だ。布団を並べた僕たち家族三人の、その前にも後ろにも人が遠くまで連なっていて、皆が月に照らされながら、息を合わせて目を閉じている。今日も、その次の今日も。

その言葉でコースケが素直に寝るようになったかというと、そんなことはまるでない。だがその反射的な嘘を恵示はしばらく気に入って、寝かしつけの度に同じフレーズを言い聞かせた。今でも、嘘をついたとは思っていない。どんなに夜更かしで元気でも、コースケはいずれ寝る。それで朝が来ている。嘘ではない、たしかなのだから。

そんな寝かしつけ地獄の時期にまず導入したのはヘッドフォンでなく、美春がみつけてきたタイマー付きのランプだった。

寝る時間にいきなり全消灯だと子は怖がって文句をいう。さりとてベッドサイドのランプをつけておくとその明るさのせいで、いつまでも起きている。そこで、タイマーでだんだんと暗くなってくれるランプに取り換えて、気付かれないうちに闇に引きずり込もうという算段だ。

ランプには一定の効果があった。だんだんと諦めがつくというか、歩をあわせて眠気を高めてくれる感じ。そうそう。そのままみんなで寝て、みんなで朝にしよう……。

続けて買ったのがこのヘッドフォンだ。耳穴をふさがず外の音も聞こえるという触れ込みなので、ささやくほどの小音量で音楽やラジオを聴いていても、子が不意に体調の急変を訴えて泣いたら、その異変は聞き逃さない、はずだ。

二十分に設定したランプが徐々に光量を落とし、真っ暗になったタイミングでスマートフォンを腰の近くで操作した。あらかじめ、こうすればラジオを聴けるようにという操作は習得しておいた。

恵示は深夜ラジオを聞いた。コースケは無言で、どうやら「一人だけなにかを楽しんでいる」ことは気取られていないようだ。

今思うと涙ぐましい努力だが、このトライは何度目かで挫折した。ある朝コースケが「バテリーレベイズロウ」と出し抜けに英語を言い、恵示は吃驚した。

「夜ね、女の人の声がね。聞こえてきたんだよ」

Battery level is low.

それはヘッドフォンの、バッテリー残量を知らせるアラートの音声だった。

音楽やラジオの音をどれだけ絞っても、チャカチャカと漏れてはいたかもしれないが、電池残量を教えるアラートは「それ、今、フェーダー下げてまでわざわざ言うことか？」と（録音ブースからミキサー前のディレクターに）抗議したいくらいに無遠慮で、クッキりとしている。それが隣のコースケの幼い耳にも明瞭に響いていたのだ。スマートウォッチにしても、電動アシスト自転車にしても、恵示が人生で出会う新手の便利な連中は皆、バッテリーレベルを「言って」くる。ヘッドフォンに液晶表示はないから、声になった。

夜、闇の中にそれだけ響いたら、とてつもなく不思議だろう。妖精かなにかの言葉に思っても変ではない。

幼いコースケの吐露は、怖いとか、うるさくて嫌だったという不興ではない、心底不可解という感じと表情で、申し訳なさと同じくらいに、幼児ではない彼という「人間」に触れた生々しい感触がして、恵示を敬虔な気持ちにさせた。

「へえ、そう、怖いねえ」わざとらしくシラを切ったが、それきり使うのをやめた、そのヘッドフォンだ。幼児を欺くのに失敗してからバツが悪く、デスクの引き出しにしまっておいたのを、そういえば普通に使ってもいいんだよなと思い直し、今は愛用している。

ボタンを二度押しで曲送りなのだが、押し加減が悪いのか一度しか判定されないことがある。そうすると曲は送られない。代わりに

Battery level is high.

あの、お騒がせの声がして、あのときのお前！　と思う。ハイのときは笑い含みの、心持ち明るい声で、それもそれで、音楽を楽しんでるときに割り込んでまでいうことか（この場合、誤動作させたのは自分なのだが）とイライラする。イライラしつつ、恵示はこの女が嫌いではない。

もうすぐ六歳になるのに、コースケはぜんぜん寝ない。寝ないが、最近はあまり気にせずに大人は自室にこもってゲームや仕事の続きをするようになった。もう一緒にいなくても大して不平は言わないし、見張らなくてもとりあえず安全にしていてくれそうだ。

家に戻らず、そのまま自転車を違う方向に走らせる。隣の駅の近くにできたコワーキングスペースに向かう。

新たにできたコワーキングスペースは上階がサウナになっていて、ワーキングする気があるとは到底思えない、弛緩したムードの客が多い。

サウナを利用しなくとも、飲み放題のドリンクバーがついているばかりか、コミック棚が充実していて、つい入り浸ってしまう。先月ネットカフェで夜明かししたときにも感じたが、二十や三十だったころの生活を思い出す。無軌道な――といっても酒や女遊びということではなく、単に夜更かしということだが――若い時代の居場所に戻ってきた感覚。

右手にすぐ線路の走る住宅街を行く。線路と併走して少しのところで、向こうからきた自転車の男性が大きな声でこんにちはと言った。

コースケのダンス教室でみかけた、誰かの父親だ。レイバン風のサングラスで分かった。

「あ、どうも。こんにちは」挨拶がぎこちなくなる。とりあえず音楽をあわてて停止した。R市に越してきて、保育園のパパ友ママ友と打ち解けてきたのはこの一年くらい。馴染み切らないままやめたダンス教室の、親たちとは会釈以上のことはなにもしてこなかった。

「発表会、よかったですねえ」

「はい」先週の日曜日にR市の市民体育館に初めて足を運んで、コースケたちのダンスをみた。そのときの楽屋にいて、（サングラスが）目立っていたお父さんだ。

「子供たちの頑張りに、僕は感動しました」

「そうですね」うちの子なんかはヘロヘロで……と謙遜を言おうとして思いとどまる。社交辞令的に身内を「下げ」る言葉は子供に悪影響だとする「派」もいるから、油断できない。

「もしかして、ここ、みにきたんですか」と男は白い歯をみせながら親指で傍らのアパートを指した。両足を広げて自転車——細いタイヤのロードバイクだ——を静止させたまま、電子タバコを取り出した。

「なにをですか？」

「ここですよ。殺人事件の、犯人が住んでたの」

「なんの犯人ですか」と尋ねた瞬間に答えが分かった。R市の、連続殺人事件の犯人のアパート、ということだ。急激に訪れる理解は、恵示の肌をざわつかせた。目の色の変化で男は恵示が理解したことを察したようだった。

時刻表だと十分に一度もこない電車がゆっくりと傍らを通り過ぎて行った。

「本当に、ひどい話でねえ」

「ええ」ええ、としか返事のしようはない。

男はこのへんに住んでいるのか。電子タバコを吸いながら、ひところは毎日のように道沿いに脚立をもったカメラマンが並んでいたこととか、アパートの持ち主は有名なプロ野球選手の父親だとか、教えてくれた。

「その後も、物好きが住んでいるんですよ」まったく理解できないという風に首をふって、口から煙を散らす。アパートの入り口脇には「防犯カメラ設置中」と記された大きめの看板が二枚貼られている。二枚というのは、そういえば念入りだ。好奇心で中を覗く輩がいるのだろう。

「ふん」男は電子タバコを吸うのをやめると、苛立った様子で、手の中のものを入口の奥の廊下に勢いよく投げつけた。

さっきまで吸っていた電子タバコのカートリッジかなにかだ。

俺はこんなものは認めないぞ、看板になんと書かれようと気にしないぞという好戦的な顔をしている。

「次のダンス教室で、また」一転して白い歯を恵示に向けて、じゃ、という感じに片手をあげ、細身の自転車を漕いで去っていった。コースケはもうダンスやめたんです、と言うべきところ、それを忘れたことにも気づかずにいた。

なんなんだ、あいつ。

恵示は自転車を漕がなければと思った。

のろのろと動いて、線路沿いを進む。男がつぶての代わりに放ったものは、なににぶつけたことになるんだろうかと思った。憎き殺人犯にだろうか。そんな家だと気にせずに住み続ける、常識では考えられない人に対してか。

そのどれもか。

「分かん」と口にする。

とにかく、「憎しみ」を放ってみせた。

そういう把握の雑な、明快な男に久々に会う。かつては学校で会ってきた。小学校から高校まで。

正義感でも、意地悪でも同じ猛り方をみせる。冴えないものや、憎んでもいい対象には遠慮なく唾をはき、ときに手をあげるような男。彼らの多くはクラスの人気者だったり不良だったりした。

学生時代を通して脆弱なオタクグループにカテゴライズされていた恵示は、そういう男たちには理不尽に絡まれないよう、目立たないように、関わるにしてもあいまいな笑顔でやり過ごすことだけ考えて生きてきた。

社会に出ると、そういう男と遭遇する確率は減っていった。男たちも、そのままやっていくには社会が複雑すぎて一定の変節をしたのか、自分で付き合う相手を選べるようになって、互いに遭遇しにくくなった結果なのかは分からない。

学生時代は怯えて接することの多かったそういう男たちが、社会の中では必ずしも敵ではなかったともいえる。自分だって社会で変節した。恵示には持ちえない正の面を彼らが持っていることを今は知ってもいる。その社交性や前向きさは、集団（美春やコースケも含まれる）を明るく動かしていく力になりうるものだし、そのことに純粋な敬意だって抱く。

でもとにかく今、男が憎悪を投げ放った先に、自分も立っている気がした。男が欠片も「そう」思わなかったことに対し、感謝すべきなのか、怒るべきなのか分からない。

もちろん恵示は、連続殺人犯になる自分の姿を想像できない。気にせずそこに住んでしまう者の気持ちが理解できるわけでもない。

誰も憎悪すべきでない、と思っている。そのこと自体が彼の憎悪の範疇なんだ。

ヘッドフォンのボタンを押すと『カム・トゥゲザー』の続きがかかった。

この歌の冒頭、ジョン・レノンは「shoot me」とうたっているのらしい。me がベースギターにかき消されているだけで、ずっと繰り返していたのだ、俺を撃てと。なんなんだ。題名では「一緒に来いよ」なんていっておきながら、真逆なことを言って。玉子焼きかと訊かれ目玉焼きをと答える、コースケみたいな単純な天邪鬼だ。

恵示はハンドルを動かし、進路を戻した。ボタンを操作し『カム・トゥゲザー』を曲頭に戻した。さっきのアパートの前に立ち——カメラ監視中の看板に目もくれず——アパートの外廊下をつかつか歩くと、男が投げたなにかを拾い上げた。すぐに道路に戻り、反対側の、線路脇の木の柵の向こうに放った。

それから「shoot!」いつもよりはっきり口に出して、勢いをつけて自転車を漕ぐ。

仕事はまるではかどらないまま、夕方までだらだらと過ごし、帰宅した。

「ただいまー」

「おかえりー」コースケの頭の向こう、テーブルに瓶が置かれている。

「なんだい」それは牛乳瓶だった。

「お試しで、牛乳とることにしてみた。割高は割高だけどさ。ネットで調べたら、今も頼めば配達してくれるって」

「へえ」

「コースケも最近たくさん飲むでしょう」それに、この家には立派な牛乳受けがある。美春はそれは口に出さなかった。

「いいねえ。新聞に牛乳配達。完全に昭和だ！」

「そういうマンションだし」

晩御飯をすませ、風呂にいれて髪を乾かし、夜九時を過ぎてもコースケはソファに飛び乗ってぬいぐるみと騒いでいる。美春は台所で食洗器に皿を収めている。今夜は恵示が寝かしつけではないが、寝にうながす番だ。

「そろそろ寝るよ」

「えー、眠れないよ」

「でも、寝ないと……」

「『明日がこない』でしょ！」

「そうだよ」正しくは朝がこない、だが。

「明日がくるっていうけどさ。寝て起きたら、今日じゃん。だからずっと明日は来ないんだよ。寝てさ。起きたらさ。そのときは今日って思うんだから」

出た。「偉いぞ」ではなく「さすがはうちの子」でもない。自分も子供のころに思ったし、大勢が一度は思う典型的な理屈。明日は明日になったら今日。

ぜんぜん偉くもさすがでもないのに、コースケを撫でたくなった。

「ねえお父さん。なんで『あす』っていったり『あした』っていったりするの？」連呼しているうちに浮かんだらしい、コースケに新たな疑問を呈される。

うーむ。恵示は顎に手をやった。

「どうしてだろうねえ？」とりあえずそういうと、台所で美春の爆笑が響いた。

舟

水兵リーベ、僕の舟。

Hは水素。Heはヘリウム。

元素周期表の中で、最上段に置かれたその二つは、端と端とに隔たっている。なぜだろう。

表には表の見方があるはずで、つまり、気まぐれにでない、厳密な理由があってそう配置されているのだ。なんか、そう置いたら格好よかったから、などという適当な理由では絶対になさそうなムードだ（表が）。

私にはHとHeの間に空白のある理由が分からない。スマートフォンで調べたが難しいことしか書いてないので、スクロールの途中で引き返した（実際は、引き返す気持ちで画面を閉じた）。塾の講師に尋ねるのには、少し勇気がいった（これも実際には「勇気」というような大げさなことではないが、多分、試験にぜんぜん関係のないことだということはあらかじめ分かったので、聞き方には気をつかった）。

「質問はいつでもなんでもオーケー、空き時間にどんどん聞きに来てくれな？」カジュアルな「言い方」で促してくる講師の言葉（＝いつでもなんでも）を、私は真に受けない。試験に関係のありそうな質問のついでに「そういえば、そもそも〜」という風に聞きたいことをさっと差し挟んだ。

答えは「大学に入って興味あれば覚えるから、今いらないから」だった。とても快活な口調で、それは疑問を持つこと自体を否定していないのだというニュアンスを滲ませているようだった。塾の講師は皆、私より年長者なのに、私たち以上の若さを感じる。そして入塾したとき授業はオンラインで始まったから、二学期過ぎに講師陣と初対面したとき、どの講師も思ったより小さくてそのことに驚いた。

とにかく、広げた参考書には「ファクト（一人の講師が多用する語で、その人のあだ名になっている）」だけが記されてある。HとHeは横十八、縦七のマス目の、最上段の端と端で、間にはなにもない。

二段目も左端からLiのリチウム、Beのベリリウムと二つ続くが、あとはやはり空白で、右詰めで今度は六つB、C、N、O、F、Neと並んでいる。三段目の元素も同様（二つ、空白、六つ）の配置で、四段目から急にマス目はぎっしりと埋まる。

それで一段目から三段目の空白は、船を横からみた形にみえる。Hが船尾、Heが船首。四段目からが海。帆も張られていない、がらんとした、元素の海に浮かぶ船。

　これが「僕の舟」ってことか？　受験には不要な見立てで周期表を眺めているうち、地下鉄は駅についた。参考書を閉じ、３番出口の階段をのぼる。出るとすぐ広い道で、少し遠くの信号が青なら横断歩道を、赤なら目の前の歩道橋を渡る。四月から月に一、二度の通院で、ここまで十回くらい、ほぼ歩道橋になる。

　歩道橋の真ん中で立ち止まり、行き交う車を見下ろすのが好きだ。すごく好きというわけでもないし、十秒くらいでみるのはやめる。最初の緊急事態宣言の最中は、車が一台

1 H																	2 He
3 Li	4 Be											5 B	6 C	7 N	8 O	9 F	10 Ne
11 Na	12 Mg											13 Al	14 Si	15 P	16 S	17 Cl	18 Ar
19 K	20 Ca	21 Sc	22 Ti	23 V	24 Cr	25 Mn	26 Fe	27 Co	28 Ni	29 Cu	30 Zn	31 Ga	32 Ge	33 As	34 Se	35 Br	36 Kr
37 Rb	38 Sr	39 Y	40 Zr	41 Nb	42 Mo	43 Tc	44 Ru	45 Rh	46 Pd	47 Ag	48 Cd	49 In	50 Sn	51 Sb	52 Te	53 I	54 Xe
55 Cs	56 Ba	L	72 Hf	73 Ta	74 W	75 Re	76 Os	77 Ir	78 Pt	79 Au	80 Hg	81 Tl	82 Pb	83 Bi	84 Po	85 At	86 Rn
87 Fr	88 Ra	A	104 Rf	105 Db	106 Sg	107 Bh	108 Hs	109 Mt	110 Ds	111 Rg	112 Cn	113 Nh	114 Fl	115 Mc	116 Lv	117 Ts	118 Og

ランタノイド	57 La	58 Ce	59 Pr	60 Nd	61 Pm	62 Sm	63 Eu	64 Gd	65 Tb	66 Dy	67 Ho	68 Er	69 Tm	70 Yb	71 Lu
アクチノイド	89 Ac	90 Th	91 Pa	92 U	93 Np	94 Pu	95 Am	96 Cm	97 Bk	98 Cf	99 Es	100 Fm	101 Md	102 No	103 Lr

元素周期表

も走らない、広い車道を眺め渡した。パニック映画の「人がいなくなってしまった世界にたたずむ私」を満喫して階段を降り、降り切ったところでそもそも、歩道橋を渡らずに車道を歩いたらもっとそれらしくてよかったと気付いた。もうすぐ再び緊急事態宣言が発令されるとも聞くが、年末の車通りはいたって普通。

片側三車線の道は銀杏並木がある。より都心に向かう方をみると上り坂で、だんだん左にカーブするから左手の銀杏は三本ほど、右手は六本ほどでみえなくなる。反対は遠くの三叉路までまっすぐで、銀杏も続いている。

「水兵リーベ、僕の舟」口をついて出た。古典的な暗記法を私に印象づけたのは前生徒会長の一之橋先輩だ。

先輩の口からそれが出たときのことを忘れない。教室の景色に指一つでセピア色の画像加工をかけたような、甘やかさと古めかしさを伴うフレーズだった。

銀杏の、とんがっている上の方はもうだいぶ葉が落ちてきていて、歩道と車道の端とが黄色く染まっている。冬の午後のもの悲しさと、元素を暗記するための語呂合わせの言葉とが、似つかわしいものとして心に溶け合う。「僕の舟」というのは六種類の元素の頭文字を覚えるための語呂で決まった言葉だのに、そのときだけ、一之橋先輩の横顔にドキドキしてしまった。

「……って、なにいってるんだろうね」セピア色の甘やかな気配を、先輩自らが照れてすぐに打ち消した。

「歴史の年号を暗記する言葉とかもだけど、語呂合わせって意味わかんないよね。水兵の名前がリーベなのか、舟の名前なのか」ハハハ。受験生の誰もが一度は心の中で突っ込むだろう類型的な評を述べて、ねえ、と共感をうながすように視線を寄越した。

一之橋先輩は昨年の三月に卒業してしまって、いない。頬が火照ったことで、むしろ寒さを実感した。上下の唇を動かし、歯をチンパンジーみたいに剝き出しにする。金属の矯正器具がずっと唇の内側に当たり続けているので、時々そうして、唇の肉を休めるのが癖になった。新型コロナウイルスの蔓延でマスクをするのが当たり前になっていったからチンパンジーの威嚇みたいな顔をしても、誰にもみせずにすむ。

歩道橋を渡りきって、路地に入ってすぐの細いビルの、小さなエレベーターの五階のボタンを押す。矯正歯科の扉の前には額に花をあしらった、結婚式のウェルカムボードみたいな小さな看板が置かれている。

矯正歯科の大人は優しい。学校の先生のドライさとも、塾の講師陣の——生徒以上に若い——明るい、エネルギー溢れる人当たりの良さとも異なる、静かで、なんというか「おしとやか」な優しさだ。五十代くらいの先生と、それより少し年上にみえる先生の助手

（的な役目の人）、それから受付のリホママ。三人とも女性で、それ以外にここで働いている人に会ったことはない。

患者もみない。いつきても大抵、私だけ。稀にビルの入り口で人とすれ違うことはあるから、直前まで施術されていたのだろうが、入れ替わりにすげなく（とする把握は変だが）帰ってしまう。コロナ対策で密にならないよう、予約人数を絞っているのかもしれない。

診療室に診察台は三つ並んでいるが、使うのは私一人。未来的な部屋の機械仕掛けの診察台で先生と助手とリホママ、三人が寝起きしている想像をたまにする。コールドスリープから覚めたクルーみたいな。三人の大人たちにはそれぞれ家があって、めいめい別々に生活していると分かってはいるが、ときどきそう思えなくなる。

「ナツミちゃん、こんにちは、お疲れ様」受付カウンターの手前の廊下で白衣のリホママと会う。このあと私が塾に行くのを知っているから、リホママは労いの言葉を必ず添えてくる。

「どうも」

「あとで林檎もっていってくれる？」リンゴ？

「え、あ、はい」コートを脱いで所定のロッカーに入れる隙にリホママが私をすり抜け、受付のカウンターに――「間に合った」と思ってはいないだろうが、滑り込むように――入った。

「先生のご実家が青森で。たくさんもらっちゃって、ハハ。あーでも荷物重いか、塾もあるもんねーハハハ」

「いえ、少しなら。ありがとうございます」リホママは私が保育園児だったときからの付き合いだ。会うたび快活な大人。いつも語尾がアハハと笑い混じりになる。娘のリホと私とは同じ保育園で、当人同士も仲は良いが、母親同士も意気投合した。リホと私が別の中学になってもなお行き来があって、ブルーレイに焼いたドラマを貸し借りしたりしている。

　今年の初め、地元のかかりつけの歯科医で、重なった歯と歯の間の治療の難しい位置に虫歯がみつかった。まだまだ初期のものだが、進行したらやがては二本ともダメになるし、治療するにしても一本は抜かなければならない。ならばいっそ矯正はどうかと勧められた。

　永久歯になってからの歯並び、噛み合わせがよくないという自覚はあった（おやつのプロセスチーズを噛んで断面をみるたび実感させられたし、分厚いものは奥歯でかみ切っていた）。治療にはお金がかかるはずだが、そもそも以前から私に矯正を強く勧めていた母は大げさに胸をたたいてみせた。そのお金でハワイでも行きませんか（痛いの嫌だし）、と軽薄に提案しようかとも思ったのだが、広まるコロナでハワイ島自体、物理的に消失したとさえ思われるほど今や縁遠い存在になった。

都心の矯正歯科に勤めているリホママに相談を持ちかけると、だったらうちの先生のとこでどう？　という流れに自然になった。二年以上かかる治療の終盤が大学受験に重なりそうだがそれでよいのか、進学後でもよいのでは？　という懸念も出たし、そのころにわかに「人口に膾炙」しはじめたワード「不要不急の外出」になることに後ろめたさもあったが、かかりつけの医者はするなら早いに越したことはない、決して不要でも不急でもないと請け合ってくれた。

矯正歯科と同時期に塾にも通い始めたため、学校のあとで移動する「点」が一挙に増え、それはもちろん大変なことに決まっていたが新鮮さも備わっていた。今もこの新しい寄り道に飽きてはいない。

ナツミちゃん林檎持って行ってー、みたいなアットホームなやり取りが、衛生的な気配の病院で交わされるのは妙な気持ちだ。

先生と助手の二人とは、特に保育園からのゆかりがあるわけではない。リホママの上司（雇い主？）であるにすぎないわけだが、そのアットホームな空気の延長には彼女たちも含まれていた。

「藤井さんこんにちは。どうですか、お変りないですか？」助手の女性——通って一年になるのにまだ名前を覚えられない——は常に笑顔をたたえた、柔らかい声音のおばさんだ。

優しいが、診察台に寝るとすぐタオルで顔を覆われてしまう。だから優しい表情や態度はすぐ、気配だけになる。タオルはいつも、柔軟剤とも別のいい匂いがする。

「こんにちは」助手のおばさんより少しオクターブの下がった、でも同質の柔らかいこの声音は先生だ。先生の名前も覚えていないが、先生は——塾でも学校でも病院でも——どんな先生も「先生」と呼べばいいから、焦りが生じない。

「その後どうですか、大丈夫そう？」先生の声音にも労いがにじんでいる。

「口の端が少し痛かったですけど、大丈夫です」

ワイヤーを抜き取りフロスされている間、私は先生に奨励されている鼻呼吸を心掛けながら、眠りそうになる。

私の口の中で私の歯は目下、緩慢に移動をしている。ここまで九ヶ月、たしかに口内の様相は変わった。アフリカと南米大陸がもともとはくっついていた、みたいな大仰な例えが浮かぶ。がちゃついていた前歯の歯並びはすでによくなっているし、抜いた歯との隙間もほとんどない。自分がそうしたという自覚なしに、勝手にそうなっているのだ。

今、なにかの弾みで先生と大喧嘩してもいいんだな。しないけど。治療を中断しても、別段かまわない。懸念された虫歯はもう抜き取られているし、比較的にはもう、前よりよい歯並びだ。

新たなワイヤーを取り付ける段になって、タオルの中で目をつむり、身構えた。歯科矯正におけるさまざまな痛み、不自由について、あらかじめ先達の言葉を――リホママや友人やネット上の言葉などで――見聞きしてはいたが、人によって痛み方や度合いはさまざまだ。私はこの、新たなワイヤーに取り換えるときが一番痛くて怖かった。その後に続く日常生活での鈍痛や不便は、聞いたほどでもない。

ワイヤーそれ自体も、一つ一つの歯の前面に――どういう仕組みでか分からないが強固に――付着したブラケットという名の器具も、どこかうっすら拷問道具のようである。「ソウ」という昔のホラー映画に出てきた、顎を粉砕する装置を連想させる。

歯の表面でなく裏側に装着する器具や、マウスピース型のものや、透明のセラミック製のブラケットで目立たない矯正治療もあるようだが、リホママのところはそれらの「新しいやり方」の効果には懐疑的だった。あるとき家におしゃべりにきたリホママの、けんもほろろという感じの否定を覚えている。「ああ、あんなの、ガキのオモチャっすわ」そんなチャラい言い方をリホママはしなかったが、どこまでも侮った感じを口調から受け取った。

それでとにかく、昔からあるザ・矯正器具という感じの、銀色の、拷問感に満ちた器具に私は甘んじることになった。

今日は上をやります。今日は下をやります。今日はワイヤーを太くします。ブリッジを作ります。月ごとの、少し異なるさまざまな方針はあらかじめ——私の意思と無関係に——決定されており、それは必ず先生の口頭から宣言される。

「はい」と私の口は返事をする。疑義を唱えたことなどない。診察台に仰向けでタオルに顔を半分覆われて、私という存在のうち、口だけが同意したようだ。

激痛というわけではないものの、かなりの痛みに耐えた後、施術の一番最後にはマウスピースみたいなものを奥歯と口の間にはめこまれ（チンパンジー以上に歯を剝き出しにされて）、至近距離で写真を撮られる。私というより、私の歯の写真をだ。正面から一枚、右に首をひねって一枚、最後に左向きで一枚。計三枚。

動かないよう（おそらく写真にブレが生じないよう）に助手の女性が私の顔を固定し、スマートフォンやコンパクトなデジタルカメラではない、なにか大仰な、ストロボの音がはっきりしたカメラのシャッターを（多分）先生が押す。右、左のときに口が突っ張り、激痛ではないものの鈍くたしかな痛みが口腔に広がり、これも拷問されている気分になる(優しい、グランマめいた二人がそうしていることで絵面もぐっと不条理めく)。同時にこの、正面、右、左の繰り返し撮影は、ハリウッド映画の中で逮捕された人の写真撮影を彷彿させる。写真、なにに使うんだろう。

　これまで何枚も写真を撮ってきた。動画アプリで編集すれば、私の歯の移動ぶりがコマ撮りアニメになるはずだが、そのようにみせてくれたことはない。矯正の初回、インフォームドコンセントというのか、治療の道筋について説明を受けた際、ファイルから取り出した紙には誰かの口の中の写真が貼り付けてあった。

「こんな状態の歯が」「こうなる」という、そのときは二枚だけだった。隔てられた水《H》と兵《He》。間の写真はどこにいった?

　たとえ私に無関係でも、私の歯には必要なんだろうし、すべて並べてみせてくれというのはおかしいから言わないものの、いつもかすかに釈然としない終わり方になる。

「はい、お疲れ様」マウスピースみたいなものを外され、立ち上がる私はよろよろしている。

　受付で紙袋を持たされるのを、なんだろうと怪訝に思う。

「あ、」林檎か。

「お疲れ様だったね」次の日程を決め、スマートフォンのカレンダーに入力する。次は一月。もう一年が終わるのか。

「お餅を食べ『ない』ようにね、アハハハ」リホママは楽しそう。矯正器具にはガムと餅がタブー。普通、お餅は「食べ過ぎないようにね」が慣用句だから、言ってる途中で面白さに気付いたのだろう。

「はい」私も笑顔で応じる。フラフラとエレベーターを降り、夕暮れの歩道橋の真ん中で再び立ち止まり風に吹かれて、この瞬間いつも同じことを思う。

なんで矯正、大学進学後にしなかった私よ、と。

（そんなでも、数日するともう慣れて硬いせんべいなんか噛んでいるのだが）。行き交うヘッドランプとテールランプを見下ろし、たたずむ。

成績や人間関係とかで生じる葛藤とか苦悩と異なる、肉体的な痛みだけがある「用件」。ありそうで、そんな用件は私の人生になかった。実際には、痛みもだが、痛みの到来に備える際の緊張ゆえに疲れる。歩道橋の手すりの、膝のあたりの横柱にコーヒーの空き缶が置かれていた。同好の士の存在を確認して、駅に向かう。

塾の自習室には本多《ほんだ》先輩が一人でいた。同じ学校の、生徒会の先輩だ。一学年上の三年生で、一之橋先輩の一つ下。もちろんもう引退して生徒会室には来ないし、この塾も学年ごとに階が違う。だから自習室か廊下でたまにしか会わない。

　本多先輩はベリーショートで背の高い美人で、かつ頭のおかしい人だ。学校の有名人で、塾でも異彩を放っている。会うたび、ぶっと噴きそうになる。冬になってから龍角散臭い。来月から共通テストで、風邪対策に真剣になるのは分かるが、コンビニ売りののど飴とかタブレットとかを「あんなの全然だめ！」と（セラミックの矯正を否定したリホママの如く）一蹴し「缶入りの、粉の龍角散マジ最強説」にたどり着いていた。

　私が隣の席に座ると本多先輩は「あっ、林檎！」と小声で咎め立てた（コロナ下はどこでも「黙」がキーワードだから、小声がデフォルトになっている）。

「あげますよ」

「かたじけない」透明のアクリル板の脇から一個手渡すと、先輩は真剣な顔で受け取ってしげしげ眺めていたが、不意になにか思いついたらしい。

「『昔の映画とかドラマの中の、チャラい男』」と自ら「演目」を言うなり席を立った。自習室の一番後ろまで行き、机と机の間の道を、リンゴをぽーんと真上に放ってはパシっとキャッチしつつ（マスクの下だが）爽やかに白い歯をみせて歩く、をやろうとしていきなり失敗してゴロゴロ床に転がしている。

「あーあー、ワシの林檎がぁ！」チャラ男のはずが、おむすびころりんになってる。

「なにやってんですか」笑いながら、心打たれる。試験本番が近いはずだのに、なんて強い人だ。

「ごめん、ごめん」林檎を大事にしなかったからか、ウケなかったからか、手刀で謝られた。私はほっとする。

大人は皆、私たちをひとからげに心配する。たくさんの「子供ら」のうち、誰が破裂寸前で、顔に出さずに苦しさを溜め込んでいるか分からない。それで総当たりというか一様に、塾通いの子を慮る。だから皆に同じ抑揚になる。

でも、実際は個別だよねと思う。ちらっと覗き込んだ本多先輩のノートの字は几帳面。全然ふざけた感じじゃない。たまたま、元素周期表もみえた。本多先輩はとっくに暗記は終えているだろうと思うが、きっちりと奇麗に引かれた枠線に、先輩らしいスマートで堅牢な舟を私はみてとった。

矯正の日は塾の授業でもあまり疲れない気がするのは、すでに歯をいじられて虚脱しているからか。電車に揺られ、帰宅すると十時。

「お風呂沸いてるよ」母は玄関で出迎えてくれる。

「ありがとう、入る」

「あらリンゴ、リホママから？」

「リホママからだけど、病院の先生の実家からだってさ」ふうん。母は少し意表を突かれた風だったが、林檎について特に掘り下げずに袋を受け取った。

「歯はどう？」塾については一様な「労い」一辺倒の声音の母だが、矯正について尋ねるときはいくぶんかの好奇心が混じる。

「うん、やっぱり最初は痛いね」

「歯、みせてみせて」と尋ねるときも、そのときだけ保護者じゃない、友達みたいな気配になる。にっと剝き出してあげる。

「おぉ、おぉー、すごいねえ」目を丸くして、歯を覗き込む母の顔を私は見下ろす。なにに感嘆しているのだ。アフリカ大陸が南アメリカから分離して動いている現場に立ち会った人間はいないが、こんな顔と目つきでみるだろうか。

「もういいでしょ」私は口を閉じ、コートを着替えに和室に向かう。それ（矯正）を強く勧めていた人が、その渦中について驚いているのは、なんか変だと思いながら。

労《いたわ》ってくれる母、優しい矯正歯科の三人、カジュアルで旺盛な塾の講師たち。いろんな大人がスクラムを組んで「私」をワッセワッセと盛り立ててくれている。それがたとえ「一様」で「ひとからげ」な態度だとしても、私は私でありがたいと思っている。三年生になってさらに本試験が近づくころ、それを渇望するかうっとうしく思うかは、まだ私には分からない。

一月の歩道橋で不意に「藤井奈津美さん」とフルネームで声をかけられ、飛び上がりそうになった。私は歯を剝き出しにして裏唇を休めていたところだった。声をかけてきた男性は、認識してもらうために黒いマスクを一瞬はずしてみせたが、私服姿ですぐに像を結ばなかった。一之橋先輩だ。私は自分のマスクに——念のために——指で触れた。セーフ！　と大きく両手を広げるアンパイアの私が脳裏に浮かぶ。歯を剝き出しにしたところはみられてない！

「びっくりしたー」

「私の方こそですよ……びっくりしたのは」黒いマスクにグレーの膝下丈のロングコート姿の一之橋先輩は私の隣にくると、手すりに両手をついた。それから遠くを眩しそうにみた。出るとき軍手みたいなのじゃない、かわいい方の手袋にしてきてよかったと思った（また「セーフ！」のアンパイアが浮かぶ）。車道の信号は赤で、横断歩道を人が行き交い出した。昼間の都心を歩くのは大人ばかり。

「久しぶり」

「ですね」

「いや、うん。藤井さんと会うのもだけど、それ以前に、久しぶりに、外で、知ってる人に会った！」

「あ、そうか、大学は……」

「さすがに今はリモートではなくなってきたけどね。また、どうなるだろうね」

　信号が変わって車が動き出した。五分くらい遅れても歯科は大丈夫だろうと勝手に見当をつける。一之橋先輩の大学ってこのへんだっけか。会話の糸口を考えていると先に同じ趣旨の質問をされた。

「もしかして、このへんの塾？」

「いや、あの、歯医者です」矯正と伝えるか、逡巡した。

「へえ……もしかして矯正？」

「あ、はい、そうです」なんで分かったんですか。

「最近よく聞くし」たしかに、自分もマスクを加味して始めたことなのだが、流行りにのったみたいで恥ずかしい。

「どう？」どう、と続けた先輩の二音が野太く響いた。少し、身も乗り出し気味だ。

「どうって、矯正がですか」うんうん、そうそう。先輩がニコニコしているのがマスク越しでも分かる。どう、というのは「なに」を尋ねているんだろう。どう、歯、動いてる？

だろうか。

「思ったより痛くない、かな」と答えた。きっと母と同じ興味だ。一之橋先輩は母と違う。性別も年齢も。でも、好奇心のこれは「発露」っていうんだろうか。違う二人が一瞬だけ重なった。「私」のことを聞かれたのではない、という感覚を抱くのも同じ。

　そっかあ、大変だねなどといって、それから先輩は大きなスマートフォンを取り出し、車道の景色を撮影した。私は景色ではなく、一之橋先輩を横から観察した。見慣れない私服姿、コートの生地やネックウォーマーや、その下に覗くニットの色、ブーツとの取り合わせを。「垢ぬけた」とは安直な感想だが、一之橋先輩に確実に時間が流れた、変化したことが分かる。私は気後れを感じた。先輩はしばらく画面を操作していたが、やがて、私に本体を差し出した。

「みてみて、これ」今みている並木通りが画面に出ている。遠くまで幅広の車道がのび、脇には銀杏の並木。先輩が指でスライドさせると、同じ歩道の、中の銀杏がいっせいに色付いた。逆にスライドさせるとすべて散って地面が黄色くなる。二コマにすると、銀杏並木のすべての葉が一瞬でどさっと落ちたようになる。

「おぉー」と感心してみせる。若者向けの（と若い私が把握するのもおかしいが）動画SNSで似たアイデアをみたことはあるが。

「それをやりたくて、撮影にきたんですか？」

「いや、たまたま、別の用事で……あ、もしかしてもう行く時間？」

「あ、そうですね」

もう矯正歯科に行く時間だったことでむしろ、これがまあ、とでも言いたくなるくらい実に自然に連絡先を交換することになった。スマートフォンをかざしあうおなじみの儀式を経て私は歯科に、先輩は駅の方へ。

「あ、そういえば、明けましておめでとう」去り際に一之橋先輩はそういって手をふった。私はお辞儀をした。階段を降りながら向こうをみると、並行して向こうの階段を降りる、先輩の横顔が小さくみえた。片側三車線、つまり六車線に隔てられ、私たちは水《H》と兵《He》になった。

水兵リーベ僕の舟。あの教室でみせたのと同じ横顔。至近でみたときは垢抜けぶりのストレートさに気後れしただけだったが、遠くの一之橋先輩の姿にはかつて私がみとれた雰囲気がある。

僕の舟。それはたとえば僕のスマートフォン。僕のリンゴ。僕の車。僕の家。僕の恋人。それらと同じ語法である。だが、そんなものより段違いに素敵な言葉に思える。一之橋先輩への恋情ゆえなのかもしれない、私はそのフレーズ自体にもうっとりとしていた。

本当はあと百個ほど、元素を暗記しないと意味がないのに、私の舟はそんなふうに止まっている。

「今年もよろしくーフフフ」白衣のリホママは今年も語尾が笑い含み。

「よろしくお願いします」

「痛みはどうですか？」助手の女性の声音は今年も優しさで煮しめたみたい。名前は今年も覚えられなさそう。

「大丈夫です」診察台でタオルを顔に当てられ、いつものように視界を失った。いつもと違って眠くなかったから、フロスの間も、ワイヤーを調整する間も、いつも以上に私は「考え」の海を漂う。

子供の頃に読んだ『ツバメ号とアマゾン号』では、ツバメ号を操縦するよりも手前の、船を整備するだけでもう、作中の子供らは嬉しそうだった。親の庇護を離れ、どこでも行けるツバメ号。少年少女たちの「自由」の象徴だ。

あれは、でも「皆」の船だ。

「僕の」舟というのは、ただ一人、取り換えの利かない自分だけの、ということ。立派な帆もない、エンジンもない、巨大な丸太をくり抜いて作った一人乗りの、すべすべの、棺のようなボートを思う。真夜中の、しんと静まった月光の降り注ぐ湖にそっと漕ぎだす、私の舟。そこで私はまったき私だけになる。

　より太いワイヤーと脅されたが、いくばくかの痛みを踏ん張って耐えたところで治療は終わった。三点の写真撮影のあと、先生は歯の石膏像を私にみせた。石膏の歯をボールペンで指し、これまでは左右を調整して移動させてきたが、次回からは上下を整えると説明を受ける。

「上下を、どうやって調節するんですか」私は珍しく尋ね返した。左右を動かす方法は分かる。単純に、引っ張るのだ。でも上下って。ワイヤーの負荷をどのようにかけるんだろう。尋ねながら私は石膏像をみつめた。クロマニヨン人とかマストドンとかの、これが口部分の化石です、とか言われたらへえ、そうなんだ、と信じそうな、横からみるとずいぶん出っ歯の像だ。説明の言葉を聞いても、今一つイメージが浮かばない。あらかじめ分からないだろうと思ってはいたが。

　不意にハッと別のことに気付き、私は先生の説明を遮ってしまった。

「これって、私の歯ですか！」石膏像を指さした。

「そうですよ。先々月に作ったでしょう」そうだった。来院した最初と、先々月と二度、型を取らされた。それを思い出してもなお、私は驚き終わらなかった。

　私、私が思うより出っ歯なんだった。先生は一応、という調子で説明を再開しながらも、私が私の化石に心を奪われていることに気付いているようで、奪われるがままにしてくれた。矯正患者に対し、どのように器具を装着するか方針を決定していくための、これも大事なデータなのだろう。だが私にはまるで別のなにかにみえる。私自身には意味をもたない私の複製が固まってあるのがどこまでも不思議だ。

　私が連続して私である。その変化あるいは変化しなさを、私でない先生が、私に――少なくとも私の日常には――関係のない理由で、写真に撮ったり、固形にして保存し続けている。

　いつも以上にくたびれ虚脱して、帰りの歩道橋の途中でまた車道をみる。そばに、ストロングと書かれたチューハイの空き缶が転がっていた。やはり人間は皆、ここでたそがれるんだ。

　そこでスマートフォンにメッセージが届いているのに気付いた。先輩からだ。

「実はあそこの近くの整体に通ってて。なんか恥ずかしくて咄嗟にいえず」とある。先輩、大学でスポーツでも始めたんだろうか。

「私も」と私は入力する。「矯正って言いにくかったです」送信すると入れ替わるように先輩の言葉が連投されてきた。

「整体って不思議で」

「整体師に当てられるの。「右の足が痺れるでしょう」とか」

「「はい、今から背骨鳴りますよ」とかいって先生が体を本当に押すと鳴るの。なんど分かるんだろう」「なんで、だ」とフキダシが立て続けに並んだ。

　私はマスクをずらし、ほう、と白い息を吐いた。

　歩道橋を誰かが上ってきてこちらにきたので、（身勝手にも）室内に他人が入ってきた気持ちになり、私はすぐにマスクを付けなおし、歩き出す。

「分かります」と送信した。他人の背中がいつ鳴るかを分かるわけではない。でも、そう補足しなくてもよさそう。私は、私が喜んでいるのが分かった。今日始まったアプリでのやり取りから、また歩道橋で待ち合わせるかもしれないとか、それから先のこととか、そういったあらゆる現実の私（たち）のことを期待して喜んでいるのではなかった。いや、そういうことを期待してもいる。でもそれと別の、世界にきょとんとしている剝き身の私と僕を無防備に教えあった、このやり取りだけで十分、官能的な気分になった。

　甘い気持ちはだが、乗り換えて塾のある駅に着く前にすぐ終わった。

「ところで」

「本多さんと会ったりしてる？　連絡先って分かる？」

　続いて届いたメッセージ二つだけで落胆と諦めと、そして納得とが一気に広がった。

塾の建物に入るまでに私の気持ちは切り替わっていた。目が赤くないかは塾の入り口で確認済みだ。

泣いたことのほうが驚きだった。だって、四六時中一之橋先輩を思い焦がれていたわけでもない、あるとき一瞬ときめいていただけの相手への、今日一日だけの恋だ。

自習室には当の本多先輩がいた。本試験が始まってからも自己採点の結果を報告したり、複数受験の対策を立てたりするため、多くの三年生が塾に顔を出す。本多先輩の受験がまだまだ緊張続く「渦中」なのか、それとも山場を超えたところか、表情からは少しも窺えない。共通テストの結果はどうだったろう。声をかけず、席も少し離れた場所に陣取って、自分もテキストを取り出す。しばらくすると
「藤井さん、林檎おいしかった」声をかけてきた。先月のあのとき以来、塾でも会ってなかった。後ろの席の男子が顔をあげたので、二人で廊下に出る。二つ隣の教室をスパイみたいなアクションで覗き込み、無人と確認すると本多先輩は私を促した。二人、椅子に腰かけた。

「試験お疲れ様でした」

「うん、とりあえずほっとした」さすがの本多先輩も素朴に吐露した。試験の出題から元

素記号の暗記の話になった。本多先輩が出題について落胆してない、いたって平気そうだということは口ぶりから分かったので、つい余談として「水兵リーベ僕の舟」というフレーズの深さ、豊かさについて弁をふるいはじめた。

「あれって、すごくないですか？」

「なにが？」

「『僕の舟』ですよ。なんか、詩じゃないですか」

「僕の舟？　加山雄三みたいなの？」本多先輩の引き出しに私は感心してしまう。カレル・チャペックの奇麗な缶入りのリーフティみたいなイメージを手渡したかったのに、一撃で特売のティーバッグにされてしまった。加山雄三について、うっすらとしか知識はないが「クリティカルに台無しな」返答を一発で正解したという気がする。笑いも浮かぶ。一之橋先輩、この人でいいんですかい。

「加山雄三の『僕の舟』は全焼したよ」ほら、とスマートフォンでニュースサイトを表示させ、追い打ちをかけてくる。

「アハハ」笑ったけど、これだって（というか、これこそ比喩でない）僕の舟だ、ていうか雄三さんかわいそうと思い直す。

「本多先輩って何歳ですか」普段の奇々怪々な言動から「ダーホン中年説」が塾内でも出

ている。

「受験生だもん、十八歳よ」

「三十浪って噂を聞きましたよ」

「三十歳でなく！　『親の介護も始まるし、ワシも来年こそは東大に……』って、ちがわい！」

　一之橋先輩って覚えてますか？　ここらで尋ねてみようかと思う。恋のキューピッド役になるのか私。柄じゃないけど、まあいいか。とはいえ、私の片思いを本格的に終わらせるであろう言葉を今から言うのだと思うと——本多先輩が相手ならかなわないし、私もむしろ応援したいと地下鉄でもう思い終えたとはいえ——助走というか覚悟がいる。私はペットボトルを出して水を飲んだ。

「藤井さん、矯正してんだ」本多先輩は見逃さなかった。

「あ、はい」

「みせて、ニーってして」私は言われるままマスクをずらし、唇を剝き出しにして、私の歯をみせてあげた。

　何秒だろう、それは長い時間に感じられた。歯を剝き出しにしている間に私は、なにも言わないでも別にいいか、と思うようになっていた。邪魔だてや意地悪というつもりが少しもしない。一之橋先輩と私の恋の成就も目指す気がない。私の歯が移動しているという「ファクト」が信じられないのと同じで、今日一日だけでめまぐるしく動いたかに思う私の気持ちも、本当は少しも動いていない気がした。本多先輩はなんだか嬉しそうに器具の銀色をみつめている。

　歯を見せ終わると私は先輩の手元の龍角散を手に取り、丸い缶の蓋を勝手に開けた。

「いいですか、これ」歯をみせてあげたんだからいいですよね、という調子で。

「かまわんよ」と先輩は言った。

「『かまわんよ』」笑いながら反芻する。小さなひしゃくみたいな匙を使い、私は龍角散をすくった。薄力粉みたいに細かな粉だ。匙が口にふれないようにしながら、私は龍角散を放り込んだ。

　私の喉の奥はすーっとした。

初出
「トゥデイズ」　「群像」二〇二三年八月号
「舟」　「ことばと」vol.5

長嶋 有（ながしま・ゆう）

1972年生まれ。2001年「サイドカーに犬」で第92回文學界新人賞、'02年「猛スピードで母は」で第126回芥川賞、'07年の『夕子ちゃんの近道』で第1回大江健三郎賞を受賞し、'08年には『ジャージの二人』が映画化された。'16年『三の隣は五号室』で第52回谷崎潤一郎賞受賞。その他の主な小説に『ぼくは落ち着きがない』『ねたあとに』『佐渡の三人』『問いのない答え』『愛のようだ』『もう生まれたくない』『私に付け足されるもの』『今も未来も変わらない』『ルーティーンズ』、コミック作品に『フキンシンちゃん』、主なエッセイ集に『いろんな気持ちが本当の気持ち』『電化文学列伝』『安全な妄想』、句集に『新装版 春のお辞儀』がある。

トゥデイズ

二〇二三年一〇月二四日　第一刷発行

著者――長嶋《ながしま》 有《ゆう》

発行者――髙橋明男

発行所――株式会社講談社

東京都文京区音羽二―一二―二一

郵便番号　一一二―八〇〇一

電話　出版　〇三―五三九五―三五〇四

販売　〇三―五三九五―五八一七

業務　〇三―五三九五―三六一五

印刷所――TOPPAN株式会社

製本所――株式会社若林製本工場

ISBN978-4-06-533308-2

JASRAC 出 2305631-301